Das Geheimnis des Narrenspiegels

Kerstin Kiehl

Das Geheimnis des Narrenspiegels

Das Tor zur anderen Seite

© 2024 Kerstin Kiehl
Verlag: BoD • Books on Demand
GmbH, In de Tarpen 42, 22848
Norderstedt
Druck: Libri Plureos GmbH,
Friedensallee 273, 22763 Hamburg
ISBN: 978-3-7597-7050-9

„Es gibt noch viel mehr Dinge zwischen Himmel und Erde..."

EIN GANZ NORMALER SPIEGEL

Als Pfarrerin erlebt man im Laufe der Jahre im geistlichen Amt viele wunderbare Dinge, wunderbar im Sinne von „ganz besonders", aber auch im Sinne von „nicht ganz alltäglich" bzw. „außergewöhnlich und nicht rational erklärbar". Doch nicht jeder Mensch schenkt ihnen Beachtung.

Wer meinen Weg auf den Spuren des *Geheimnisses des goldenen Rings* begleiten durfte, hat bereits eine ganz wunderbare Geschichte der überirdischen Begleitung miterleben dürfen, und ich habe mir eigentlich nicht vorstellen können, noch einmal eine ganz besonderen Reise zu machen, die nicht nur verschiedene Zeiten, Wege und Biographien verbinden, sondern auch mich ganz persönlich betreffen würde.

So freue ich mich nun von ganzem Herzen, Dir davon zu erzählen, und Dich auf diese wunderbare Reise mitzunehmen! Und damit Dir all die Dinge, denen wir begegnen werden, verständlicher erscheinen, will ich zunächst etwas ausführlicher darüber berichten, wie alles begonnen hat.

Ein sehr wichtiger Bereich der Aufgaben, die Pfarrerinnen und Pfarrer zu erfüllen haben, ist es, Menschen in Freude und Leid zu begleiten, und dazu gehören auch Trauerfeiern und Beerdigungen. Diese finden zumeist in der eigenen Gemeinde statt, bei Urlaub oder dienstlicher Abwesenheit, auch in den Zuständigkeitsbereichen der zu vertretenden Kolleginnen und Kollegen.

Und so geschah es vor einiger Zeit, dass ich für meinen geschätzten Amtsbruder in Nieder-Ohmen eine Trauerfeier mit anschließender Beisetzung auf dem dortigen Friedhof übernommen hatte. Anders als in den meisten Dörfern unserer politischen Gemeinde Mücke, wo die Trauerfeien in den Kirchen stattfinden, gibt es auf dem Friedhof in Nieder-Ohmen eine große Trauerhalle. So war ich an diesem sehr warmen Spätsommernachmittag rechtzeitig vor Ort, um noch einen schattigen Parkplatz zu bekommen, und, um wie gewohnt, ganz in Ruhe mit dem Bestattungsteam noch letzte organisatorische Fragen zu klären.

Wenn alle dienstlichen Belange besprochen und auch einige persönliche Dinge erörtert wurden, ist es wichtig, sich den Talar anzuziehen und das Beffchen unter den Kragen zu knöpfen. Leider gibt es in der Trauerhalle keinen extra Raum zum Umkleiden, sondern nur eine kleine Ecke unter der Kanzel, in der sich auch eine Sitzgelegenheit befindet, wo die liturgisch verantwortliche Person während der Trauerfeier Platz nehmen kann.

Es ist daher stets schwierig, nach dem Ankleiden den richtigen Sitz des Beffchens zu überprüfen und einen Blick auf die Frisur zu werfen, denn beides ist äußerst wichtig. Man stelle sich einen Pfarrer mit schief sitzendem Beffchen oder eine Pfarrerin mit Sturmfrisur vor (oder umgekehrt), das geht selbstverständlich gar nicht. Gerade bei Gottesdiensten und Beerdigungsfeiern ist es durchaus ein Problem, wenn die Menschen, statt sich auf die Ansprache zu konzentrieren, ihre komplette Aufmerksamkeit auf das schiefe Beffchen des Pfarrers oder die wilde Frisur der Pfarrerin richten - und dann nichts oder nur noch sehr wenig von der Feier mitbekommen wüden.

Und vor genau dieser besonderen Herausforderung stand ich an jenem Nachmittag in der Nieder-Ohmener Friedhofskapelle, nachdem ich mir den Talar angezogen hatte. Nirgends gab es einen Spiegel, und so musste in dieser misslichen Lage ein Blick auf eine leicht spiegelnde Fensterscheibe genügen, in der ich gerade genug sehen konnte, um zu erkennen, dass soweit alles in Ordnung war. In diesem Augenblick beschloss ich, mir einen kleinen Taschenspiegel zuzulegen, damit ich künftig nicht mehr nach einem Fenster oder ähnlichem suchen musste, wenn ich wieder an einem anderen Ort einen Vertretungsdienst zu übernehmen hatte.

Und ich bemerkte neben mir das Lachen der beiden Bestatter, diesmal wieder Vater und Sohn im Team, als sie mein Problem erkannten. „Ja, das geht hier allen so, wir sollten mal einen Spiegel in unsere Ausstattung aufnehmen!" „Das wäre wirklich ein ganz toller Service!" Ich grinste, und wir standen noch eine Weile beieinander und tauschten Neuigkeiten aus, bis die ersten Trauergäste in der Halle erschienen waren.

Da es nach dieser Trauerfeier keinen Beerdigungskaffee gab und die Gemeinde stattdessen „in aller Stille auseinander ging" (seit Corona eine fast zur Regelmäßigkeit gewordene Sitte), hatte ich bis zum nächsten Termin in Ilsdorf noch etwas Zeit, und wurde spontan eingeladen, den Neubau der Bestattungsfirma zu besichtigen. „Nächstes Jahr um diese Zeit werden wir hoffentlich schon mit allem fertig sein und eine große Einweihungsfeier ausrichten!" Stolz schaute Juniorchef Achim auf die Halle und beobachtete, wie Schreinergeselle Arno mit der Verlegung des Unterbodens vorankam. „Das finde ich wirklich sehr eindrucksvoll, dass ihr das zum größten Teil in Eigenarbeit machen könnt. Meine absolute Hochachtung!" Achim strahlte und erklärte mir in groben Zügen, welche nächsten Schritte bald an der Reihe wären. Dabei betonte er, dass man all diese Arbeiten ohne Eigenleistung kaum finanzieren könne, es sei auch so schon sehr teuer. „Das kann ich mir gut vorstellen!"

Wir waren nach dem Rundgang durch das Gebäude wieder am Eingang angelangt und schauten durch die offene Tür nach draußen. Vater Torsten wartete bereits wieder im Bestattungswagen auf Achim und rief mir noch einen Gruß zu. „Ja, jetzt erledigen wir drüben den Rest, danach hierher zurück, umziehen, und dann geht es gleich weiter." Ich ging mit Achim hinaus. „Also, vielen Dank für die exklusive Führung, und alles Gute beim weiteren Baufortschritt!" Wir verabschiedeten uns voneinander, und ich versprach, bei nächster Gelegenheit wieder vorbeizukommen, um mir einen persönlichen Eindruck vom Fortgang der Arbeiten verschaffen zu können.

Inzwischen waren einige Monate vergangen, und natürlich hatte ich die Sache mit der Anschaffung eines kleinen Spiegels für meine Talartasche fast schon wieder vergessen. Die Advents- und Weihnachtszeit war vorbei, das Neue Jahr war angebrochen, und so langsam musste ich mir ernste Gedanken darüber machen, wie ich meine diesjährige Büttenrede auf der Groß-Eichener Faschingssitzung gestalten sollte, und vor allem, welches Kostüm ich dabei tragen könnte. Da in diesem Jahr der Ostertermin noch im März lag, war auch der Faschingstermin entsprechend früh im Februar angesetzt.

Schon lange hatte ich mir gewünscht, als Eulenspiegel bzw. Narr aufzutreten und mit einer gereimten Rede in die Bütt zu gehen. In den Vorjahren war es mir nicht gelungen, ein entsprechendes Kostüm zu erwerben, aber in diesem Jahr hatte ich großes Glück: Ich entdeckte bei einem Onlineversand ein Joker-Narrenkostüm, das mir auf Anhieb gut gefiel und sogar noch in der richtigen Größe lieferbar war. Ohne zu zögern bestellte ich dieses

Kostüm und erhielt schon wenige Tage später das Paket. Es passte hervorragend, und ich war sehr zufrieden. Nur eine Sache fehlte noch: Der Narrenspiegel, der dem Volk unbedingt vorgehalten werden musste!

Im Internet fand ich nach einigem Suchen etwas Passendes: Einen kleinen Spiegel, der seinem Namen alle Ehre machen würde, und nach seinem Einsatz in der Bütt in meiner Talartasche seinen festen Platz finden sollte: Barocke Optik, handliche Größe - und günstig im Preis.

Auch dieser Spiegel war schnell bestellt und wurde pünktlich geliefert. Nun war mein Kostüm mitsamt den nötigen Requisiten vollständig, es fehlte nur noch die gereimte Rede. Und auch diese entstand nach und nach, und rechtzeitig, am Nachmittag des Sitzungstages, war ich mit allem fertig geworden und konnte sehr zufrieden und erleichtert meine Utensilien einpacken.

Fröhlich gestimmt fuhr ich dann am frühen Abend nach Groß-Eichen, Kostüm und Rede waren ein voller Erfolg, und miteinander feierten wir eine wunderbare bunte Sitzung in der geschmückten Turnhalle, die gegen halb eins mit dem großen Finale zu Ende ging. Ich war sehr froh, dass der Sonntag „dienstfrei" war und ich mich von dem schönen, aber auch anstrengenden Abend erholen konnte!

Wie geplant, sollte der Spiegel nun in meiner Talartasche seinen festen Platz finden. Ich legte ihn aber zunächst auf die Kommode im heimischen Gästezimmer, um ihn dann bei passender Gelegenheit einzupacken, da ich ihn auch zu Hause sehr dekorativ und nützlich fand. Und ich hatte mir keinerlei Gedanken darüber gemacht, dass dieser Spiegel mehr sein könnte als ein normaler Handspiegel in barocker Optik, von dem es in dieser Ausführung wahrscheinlich viele tausende Exemplare weltweit geben würde. So lag er zunächst mit der Spiegelseite nach unten auf der Kommode und erinnerte mich an meinen Einsatz als Eulenspiegel in der Bütt.

KEIN GANZ NORMALER SPIEGEL

Einige Zeit danach stand in Ilsdorf eine große Beerdigung an, und die Gelegenheit, den Spiegel als Dienstspiegel in der Talartasche zu deponieren, war gekommen.

Nachdem ich zu Hause alles eingepackt hatte, was ich für die Trauerfeier und die Beisetzung benötigte, steckte ich zuletzt den Spiegel vorsichtig in eine Seitentasche hinein und brach auf. Wie im Vorfeld zu erwarten war, reichten die Sitzplätze in der kleinen Ilsdorfer Fachwerkkirche bei weitem nicht aus, und Torsten und Achim hatten bei meiner Ankunft draußen schon alles organisiert: Zusätzliche Bänke aufgestellt und die Mikrofone innen und außen miteinander verbunden, so dass alle, die in die Kirche keinen Platz mehr fanden, auch draußen alles mitbekommen konnten. Auch die Mitglieder der Feuerwehr waren vollzählig in Uniform erschienen und standen vor dem Eingang. Nach der Begrüßung und den üblichen organisatorischen Absprachen mit den beiden Bestattern und ihrer Mitarbeiterin, die sie diesmal unterstützte, ging ich in die Kirche hinein und sah es mit eigenen Augen: Schon eine gute halbe Stunde vor Beginn der Trauerfeier waren fast alle Bänke besetzt. Ich schaute hinter die Tür und erblickte zu meiner Freude Küsterin Katrin, die bereits vor Ort war und verzweifelt versuchte, die Menge der Trauergäste zu zählen. Wir warfen uns einen vielsagenden Blick zu, nach dem Motto, „wenn es doch an einem normalen Sonntag auch einmal so voll wäre" und lächelten verschwörerisch.

Ich bahnte mir den Weg nach vorn zu den vier Querbänken links neben dem Altar, die tatsächlich noch komplett frei geblieben waren. So weit vorne wollte nun doch lieber niemand sitzen. Gerade als ich meine Tasche auf der ersten Bank abgestellt hatte, kamen Helga und Ulla in die Kirche, zwei Ilsdorferinnen, die vergeblich nach ihren gewohnten Plätzen Ausschau hielten. Ich winkte sie zu mir heran und sagte ihnen, dass sie gerne hier hinter mir sitzen könnten. „Ja, besser auf dem Präsentierteller als draußen bei Wind und Regen!" Helga schmunzelte und rutschte in der hinteren Reihe ganz durch, damit auch andere Gäste eventuell dort noch Platz finden könnten. Ulla folgte ihr zufrieden und lächelte ebenfalls zu mir hinüber.

Nun konnte ich mich in Ruhe umziehen, vor aller Augen, da es auch in der kleinen Ilsdorfer Kirche keine Sakristei gibt, und der Zugang zum kleinen Abstellraum unter der Emporentreppe wegen der großen Lautsprecherbox nicht zugänglich war. Ich streifte mir den warmen schwarzen Pullover über und nahm meinen Talar aus der Tasche. Nachdem ich diesem übergezogen und zugeknöpft hatte, war das Beffchen an der Reihe. Stolz holte ich den Spiegel aus der Seitentasche, ergriff ihn mit der rechten Hand und überprüfte den Sitz des Beffchens und meiner Frisur – perfekt!

In genau diesem Augenblick, als ich gerade noch mein Spiegelbild zufrieden betrachtete, begann sich im Spiegel eine Lichtreflexion bemerkbar zu machen, und mein soeben noch deutlich sichtbares Konterfei verschwamm vor meinen Augen. In diesem Moment musste ich an mein Spiegelerlebnis in der Groß-Eichener Kirche denken, als Johannes mir dort zum ersten Mal erschienen war. Irritiert steckte ich den Spiegel in die Tasche, holte Agende, Lesebrille und Barett heraus und deponierte alles auf der Bank.

Helga schaute mich fragend an, sie hatte wohl mitbekommen, dass ich für einen Moment schwankte. „Alles okay!" Ich flüsterte diese Worte über die beiden Bänke zu ihr hinüber und ihre Züge entspannten sich wieder. Ich setzte mich erst einmal hin und versuchte, meine Fassung wiederzugewinnen. *Alles ist gut, mach dir keine Sorgen, nachher wird sich alles klären. Es gibt eine neue Aufgabe für dich!* Wie immer in besonderen Situationen, vernahm ich die vertraute innere Stimme, und ich konnte mich nun tatsächlich entspannen, was auch nötig war, da Achim gerade in diesem Moment zu mir nach vorne kam, um das Mikrofon zu anzupassen.

„Wahnsinn, das ist heute sicher noch viel mehr als an Weihnachten, oder?" Achim hielt ein Kabel in der Hand und deutete zum Mikrofon. „Ja, das ist gar kein Vergleich!" Ich folgte ihm, und er passte Höhe und Standort für mich an. „So, jetzt müsste alles stimmen!" „Danke dir, ja, so ist es optimal!" „Alles klar, dann nehme ich jetzt hinten Aufstellung! „In Ordnung, dann können wir uns direkt sehen, falls es Probleme geben sollte." Ich ging zurück zu meiner Bank und traf dort auf den Bürgermeister, der seinen Nachruf anmeldete. „Dann solltest du beginnen, nach dir redet Thomas, unser Ortsvorsteher, und danach alle anderen." Er nickte, bedankte sich und bahnte sich den Weg zurück zu seinem Platz.

In diesem Augenblick ging über uns und allen Trauergästen in der Kirche ein wahres Donnerwetter nieder: Es war Viertel vor zwei und Katrin hatte die beiden Glocken im kleinen Dachreiter eingeschaltet. Erschrocken schauten einige Auswärtige nach oben, voller Sorge, dass die Glocken vielleicht durch die Decke direkt nach unten fallen könnten. Ich sah, dass unser Ortsältester und altgedienter Ilsdorfer Bürgermeister gerade dabei war, die Gemüter zu beruhigen, indem er leise erklärte, dass diese Geräusche völlig normal seien und keinerlei Gefahr bestünde.

Inzwischen hatte auch ich mich wieder erholt und registrierte, dass die Angehörigen des Verstorbenen gerade draußen angekommen waren und Achim ihnen die Tür geöffnet hatte. Eine lange Prozession von Familienmitgliedern und engen Freunden füllte nun die letzten Reihen der reservierten Plätze, und jetzt war die Kirche wahrlich „voll besetzt". Wenige Minuten später verstummten die Glocken, und Oskar, unser Groß-Eichener Organist, der heute seine Tochter auf der Orgelbank vertrat, setzte mit Händels *Largo* ein - die Trauerfeier konnte ihren gewohnten Verlauf nehmen.

Nach der Beisetzung waren alle Trauergäste zum Beerdigungskaffee ins Traditionsgasthaus „Alte Mücke" eingeladen, und dann hatte ich „Feierabend". Dankbar und zufrieden, dass alles gut geklappt hatte, stieg ich ins Auto und begab mich auf den Nachhauseweg. Unterwegs fiel mir die Begebenheit mit dem Spiegel wieder ein, die ganze Zeit hatte ich nicht mehr daran gedacht, wahrscheinlich war dies auch so gewollt. *Das kam für dich heute leider etwas plötzlich, verzeih bitte, aber es musste aus den unterschiedlichsten Gründen genau so und nicht anders geschehen!* Mein Geistführer oder sagen wir lieber, mein Schutzengel Jonathanael, meldete sich in diesem Moment. *-Heißt das, dass wir wieder auf Reisen gehen?* Ich stellte bewusst diese Frage, denn ich vermutete nach den Eingaben in der Kirche, dass ich mit Hilfe der geistigen Welt einen neue Aufgabe zu lösen hatte.

Keine Sorge, die Kraft des Ewigen und Allerhöchsten und aller dienstbaren Geister des Himmels unterstützt dich! Im Moment ist nur wichtig, dass der Mechanismus ausgelöst worden ist, und dazu musstest du dich 1. in einer Kirche befinden, 2. deinen Talar mit Beffchen tragen und 3. in den Spiegel schauen. Und genau das hat heute gepasst, wenngleich dir die Situation etwas unpassend erschienen sein mag. Du kannst jetzt ganz beruhigt sein, die nächsten Schritte werden dir zu gegebener Zeit zu Hause erläutert werden. Jetzt darfst du dich nach getaner Arbeit entspannen! Und den Spiegel lässt du einfach in deiner Talartasche, dann weißt du immer, wo er sich befindet, bis du ihn wieder zur Hand nehmen sollst.

Ich nickte und sprach vor der roten Ampel in Grünberg ein kurzes Dankgebet. Erleichtert gab ich Gas, als die Ampel auf grün umsprang, und wenige Minuten später war ich zu Hause, wo ich nun den Feierabend genießen und später mit meinem Mann in aller Ruhe zu Abend essen konnte.

In den folgenden Tagen und Wochen ging alles seinen gewohnten Gang, und ich fühlte mich bereit, falls ich eine neue Botschaft bekommen sollte. Und dann, an einem freien Frühlingssonntag Anfang März, erfolgte die schon lange erwartete neue Mitteilung. Ich war gerade dabei, in meinem Arbeitszimmer einige Papiere am Schreibtisch zu sortieren, als mein Blick auf den Schrank wanderte, in

dem ich die Talartasche und meine Amts-
trachten samt Zubehör aufbewahre. Irgendwie verspürte ich den Drang, die Schranktür
zu öffnen und den Spiegel aus der Tasche zu
holen. Kaum hatte ich ihn herausgeholt und
die Tür wieder geschlossen, da begann er zu
leuchten. Ich setzte mich wieder an den
Schreibtisch und hielt den Spiegel in der
rechten Hand. Er wurde warm und plötzlich
löste er sich ganz sanft aus meiner Hand und
wurde immer größer. Ich rollte mit dem
Stuhl etwas zurück und beobachtete, wie sich
der Spiegel rasch auf die Größe einer Tür
ausdehnte.

Wie gebannt schaute ich darauf, zuerst konnte ich mich auf dem Schreibtischstuhl sitzend
erkennen, dann wurde alles trüb und verschwamm vor meinen Augen, genau so, wie
vor einigen Wochen in der Ilsdorfer Kirche.
Voller Faszination blickte ich weiter auf den
Spiegel bzw. die Tür, die sich vor mir gebildet hatte, und wartete ab. Nach einigen Au-
genblicken sah ich vor mir eine Gestalt im
Talar, ich war sicher, mich selbst zu sehen,

aber das konnte ja eigentlich nicht sein. Ich vermochte mich nun vor lauter Anspannung kaum zu bewegen, und hörte dann innerlich die beruhigende Aufforderung, mich zu entspannen und keinerlei Furcht zu haben, verbunden mit meinem Lieblingsvers aus dem Jesajabuch: *Fürchte dich nicht, denn ich habe dich erlöst, ich habe dich bei deinem Namen gerufen, du bist mein!*

Vor mir im Spiegel öffnete sich eine Gartenlandschaft mit grünen Hügeln und blühenden Bäumen. Die Gestalt im Talar lächelte und winkte mir zu. Dann machte sie eine auffordernde Bewegung hinüberzukommen. Ich zögerte, wurde aber ermutigt, der Einladung zu folgen: *Du weißt ja, wie es Dir auf der Reise in der Eichener Kapelle zu Erkanbald ging, das ist jetzt genauso. Dein Körper bleibt hier, ein Teil deiner Seele geht auf Reisen! Damals hat Johannes dich begleitet, aber jetzt ist es dein eigener Weg und du musst ihn – mit unserer geistigen Unterstützung – allein gehen! Schließe deine Augen und konzentriere dich einfach auf den Garten!*

DIE ERSTEN SCHRITTE HINÜBER

Tatsächlich war es dann ganz leicht, aber dennoch ungewohnt, es fühlte sich anders an als damals mit Johannes in der Groß-Eichener Kirche!

Mein geistiges Ebenbild im Talar strahlte und schloss mich in seine geistigen Arme: *Du und ich – wir sind eins! Eins in Gott, eins in der Liebe, eins in der Verbundenheit mit allen geistigen Geschwistern! Du bist ein Teil von mir, ich bin dein Höheres und Ewiges Selbst! Sei Willkommen, im Namen der Ewigen Weisheit, der menschgewordenen Liebe und der alles verbindenden Kraft! Nenne mich einfach Christina, wir werden von nun an gemeinsam unterwegs sein und du wirst geistige Geschwister kennenlernen, die alle ein Teil von uns sind, verbunden, wie in einer großen Familie, deren Wege deinen Weg vorbereitet haben und ihn weiterhin auf besondere Weise begleiten werden. Fürchte dich nicht! Vertraue auf Seine Liebe und Seine Führung durch alle geistigen Boten! Dieser Spiegel ist der Weg hierher, du brauchst ihn nur in die rechte Hand*

*zu nehmen und dich auf mich und den Garten zu
konzentrieren.*

Ich spürte, wie mein Geistkörper mit Christina verschmolz, und ich bemerkte, dass ich mich/uns aus ganz verschiedenen Perspektiven wahrnehmen konnte, aus der inneren Position und von außen – und beides gleichzeitig, wenn ich das wollte.

*Ja, noch fühlt es sich ungewohnt an, aber keine
Sorge, du wirst dich daran gewöhnen. Und noch
etwas: Immer, wenn du zurückkehren willst,
brauchst du nur kurz und ganz bewusst an deinen Körper zu denken! Gegebenenfalls kann sich
auch dein Körper melden, das wirst du spüren
und automatisch zurückkehren. Und der Übertritt hierher funktioniert ebenso, nimm den Spiegel in die rechte Hand und konzentriere dich einfach auf mich! Probiere es jetzt bitte aus!*

Nun konzentrierte ich mich auf meinen Körper, und tatsächlich saß ich im gleichen Augenblick wieder bei vollem Bewusstsein auf meinem Schreibtischstuhl und blickte auf den Narrenspiegel, der vor mir auf dem Schreibtisch lag. Ich nahm ihn erneut in meine rechte Hand, und das Geschehen von vorhin wiederholte: Sanft entschwebte der Spiegel meiner Hand, wurde groß wie ein Tor, und Christina stand drüben auf der anderen Seite. Dann konzentrierte ich mich auf Christina und sofort war ich zurück auf der anderen Seite, wo mich Christina umarmte und ich erneut mit ihr verschmolz.

Siehst du, wie einfach das funktioniert? Alle Kommunikation wird fortan nur über die Kraft der Gedanken verlaufen! Sobald du an etwas denkst oder eine Frage hast, werden wir dort sein bzw. du wirst eine Antwort erhalten, allerdings nur auf Fragen, die dir zu stellen gegenwärtig gestattet sind! Zu allen Orten werde ich dich führen, und auf allen Wegen werden Jonathanael und ich dich stets begleiten!

Wieder befand ich mich in einem Zustand zwischen dem körperlichen Leben und dem Zustand, den wir als Menschen mit „tot" bezeichnen würden, was es aber überhaupt nicht trifft, denn lebendiger als in diesem Augenblick kann man sich gar nicht fühlen, abgesehen von der Tatsache, dass man keinen materiellen Körper besitzt und alle Dinge durch die Kraft der Gedanken steuert.

Christina konnte auch diese Überlegungen sofort wahrnehmen und antwortete mir entsprechend, indem sie meine Beobachtungen bestätigte. Dann fügte sie hinzu: *Für heute wollen wir es gut sein lassen, ich bin sehr glücklich, dass du gekommen bist und – Dank der Eingaben deines Führers und Begleiters Jonathanael - den Mut hattest, diesen Schritt zu tun. Alles Weitere wirst du nach und nach lernen! Sei gesegnet mit dem Segen und der Liebe des Ewigen und Allerhöchsten!*

Ich erwiderte in Gedanken diesen Segenswunsch, dachte dann ganz bewusst an meinen Körper und saß sofort wieder vor meinen Aktenstapel am Schreibtisch, wo ich auch den Spiegel liegen sah. Da ich inzwischen wusste, dass seine besondere Funktion an meine rechte Hand gebunden war, nahm ich ihn in die linke Hand und schaute hinein, tatsächlich, da war er „nur" ein ganz normaler Handspiegel. Vorsichtig trug ich ihn zum Schrank zurück und verstaute ihn in meiner Talartasche, dort war er gewiss am besten aufgehoben. Ich beschloss, ihn vorläufig nicht mehr dienstlich zu verwenden, zumindest so lange, bis das kostbare Geheimnis, um das ich nun wusste, endgültig gelüftet und der Auftrag erfüllt war.

In den darauffolgenden Tagen und Wochen war ich damit beschäftigt, das Schreibtischerlebnis zu reflektieren und mich innerlich auf die bevorstehende Aufgabe vorzubereiten. Jonathanael unterstützte mich durch gute Gedanken und erteilte mir den Auftrag, alles bereits Erlebte schriftlich festzuhalten. Allerdings erhielt ich keinerlei Informationen über die bevorstehende Aufgabe. Doch ich war ganz sicher, dass mir zu gegebener Zeit die nötigen Dinge mitgeteilt würden.

Doch worum konnte es gehen? Eine gewisse Neugier begleitete mich, denn es tauchten auch bei mir immer wieder Fragen nach dem Sinn des Lebens, den Aufgaben eines Menschen in seinem Leben und der Bedeutung all der Erfahrungen und Erkenntnisse für das große Ganze auf. Vor allem zählte dazu auch die immer mehr zu einer Gewissheit werdende Vorstellung, dass die Seele bzw. das Bewusstsein nicht nur den körperlichen Tod überdauern, sondern auch vielfach neu inkarnieren würde.

Mit jedem neuen Trauerfall, den ich als Seelsorgerin zu begleiten hatte, wurden diese Fragen etwas anders gestellt, und je nach Situation beleuchtet und gedeutet, für mich persönlich, in der Auseinandersetzung mit der Persönlichkeit des oder der Verstorbenen, und gemeinsam mit den Angehörigen.

Aber selbst wenn ich auf meinem bisherigen Weg für mich zufriedenstellende Antworten gefunden hatte, gerade auch durch die wunderbare Unterstützung und Begleitung der geistigen Welt, so wagte ich es nicht, meine Position offen zu vertreten. Zu verschieden ist sie doch von dem, wofür ich offiziell als Pfarrerin stehen sollte bzw. was von den Menschen, die einer Kirchengemeinde angehören, erwartet wird.

Natürlich hatte ich immer die Chance, überall dort, wo ich Interesse, Aufgeschlossenheit und Zugänge fand, gerade auch in meinem Traueransprachen und Predigten, eigene Erkenntnisse und Erfahrungen einfließen zu lassen, doch ich musste immer auf der Hut sein, mich nicht zu weit aus dem Fenster zu lehnen, da ja gerade fundamentalistisch geprägte Christinnen und Christen, auf die man auch in landeskirchlich-gemeindlichen Kontexten gelegentlich trifft, besonders streitbar und auf die aus ihrer Sicht rechte Lehre vehement beharrend auftreten.

Doch mit den Jahren habe ich gelernt, bestimmte Worte und Begriffe so zu verwenden, dass sich niemand angegriffen fühlt und das theologisch Erwartete daraus entnehmen kann. Durch diplomatisch geschickte Formulierungen ist es mir dadurch möglich, auch meine Position einzubringen, doch die werden nur diejenigen Heraushören können, die mich besonders gut kennen und um meine Erfahrungen wissen.

Durch die Reflexion der Lektüre meiner geistigen Amtsvorgänger in Groß-Eichen, wie ich sie im *Geheimnis des Goldenen Ringes* mitgeteilt habe, fand sich mein negativer Eindruck von Theologie, Theologen und äußerem Kirchenchristentum bestätigt, so dass von meinen menschlich sonst sehr geschätzten Kolleginnen, Kollegen und Vorgesetzten kein Verständnis oder eine Unterstützung zu erwarten ist.

Dadurch wurde mir nochmals bewusst, dass ich meinen eigenen Weg gehen musste, und dass ich dabei auf die unverbrüchliche Unterstützung von der anderen Seite vertrauen durfte.

Nun kennst Du die Vorgeschichte, und all diese Erlebnisse und meine Gedanken sind für das Verständnis der weiteren Ereignisse wichtig.

Lass dich jetzt einfach mitnehmen auf eine wunderbare Entdeckungsreise, die ich mittels meines Narrenspiegels und des ihm innewohnenden Geheimnisses machen durfte.

Ob Du dies später als real und wirklich geschehen und erlebt oder lediglich als große Phantasie und Spinnerei einordnen wirst, das sei Dir getrost überlassen!

O Röschen rot,

Der Mensch liegt in größter Not,

Der Mensch liegt in größter Pein,

Je lieber möcht' ich im Himmel sein.

Da kam ich auf einem breiten Weg,

Da kam ein Engelein

und wollt' mich abweisen.

Ach nein, ich ließ mich nicht abweisen!

Ich bin von Gott und will wieder zu Gott,

Der liebe Gott wird mir ein Lichtchen geben,

Wird leuchten mir

bis in das ewig selig' Leben!

(„Urlicht", aus: *Des Knaben Wunderhorn.*
Von Gustav Mahler (1860-1911)
im 4. Satz seiner 2. Sinfonie vertont.)

DAS *SOMMERLIED* UND DIE ERSTE EINWEIHUNG

Dann war mitten in den Sommerferien der Nachmittag gekommen, auf den ich gewartet und mich vorbereitet hatte. Ich war allein zu Hause, setzte mich an den Schreibtisch und nahm den Spiegel in die rechte Hand. Sofort gelangte ich hinüber, und Christina und ich wurden zu einer geistigen Einheit, auf wundersame und geheimnisvolle Weise, die aber für die andere Seite, wie ich dann selbst erfahren durfte, ganz und gar nicht ungewöhnlich, ja, sogar völlig normal ist, denn meine Seele ist ein Teil von ihr, der gerade hier auf der Erde inkarniert ist und dennoch immer mit ihr verbunden bleibt.

Und noch eines ist wichtig: Namen sind etwas, das wir als Menschen zum Benennen und Unterscheiden brauchen, die geistige Welt würde auch ohne sie auskommen. Die Trennung und Unterscheidung von männlich und weiblich existiert auf der anderen Seite ebenfalls nicht, und jede Seele trägt beide Anteile in sich, und kann, je nach Erfordernis, die eine oder die andere Gestalt annehmen und als Mensch entsprechend in einem männlichen oder weiblichen Körper inkarnieren, abhängig von der Aufgabe im Leben.

Zunächst trat ich durch ein großes geöffnetes Portal, das durch eine alte Bruchsteinmauer führte, in den Garten ein, und wir trafen uns mitten unter vielen blühenden Duftrosen in allen Farben und Formen, ich sah einem plätschernden Wasserlauf, hörte fröhliches Vogelgezwitscher und erblickte eine angenehm schattige Sitzgelegenheit unter hohen alten Bäumen. *Sei willkommen! Es ist dein Seelengarten, dein ganz persönlicher Rückzugsort, hier ist alles von Ruhe und Liebe umgeben.* Christina hatte sofort meine Gedanken aufgenommen und die diesbezüglichen Fragen beantwortet.

Ich, oder sollte ich nun besser sagen, „wir", nahmen in unserer geistigen Gestalt in einem sehr bequemen Liegesessel Platz. *Beobachte noch ein wenig diesen wunderbaren Ort, nimm ihn ganz genau wahr! Schau nach rechts, dort ist das Portal, durch das du stets eintrittst, eine be-*

rankte Mauer umgibt diesen Garten, aber sie ist keine wirkliche Begrenzung, sie ist flexibel, der Garten kann größer oder kleiner werden, gesteuert durch die Kraft deiner Gedanken. Dort vorn ist der Wasserlauf, und an der Seite fällt der rote Felsen steil zum Meer hin ab. Hinter dir steht ein Brunnen mit klarem und frischen Wasser, dahinter führen sieben Stufen zu deinem Seelentempel hinauf, wo sich auch deine persönliche Bibliothek im Vorraum befindet. All das wirst du nun nach und nach erkunden, und ich werde immer bei dir sein.

Von diesem Platz aus konnte ich alles sehen, gleichzeitig, ohne mich zu bewegen oder zu drehen, und wieder genügte ein Gedanke und ich konnte Dinge heranzoomen oder aus der Beobachterperspektive anschauen. Du findest hier Orte, Gebäude, Pflanzen, Tiere, geografische Besonderheiten, die dir auf der Erde besonders lieb geworden sind, die du tief in deinem Inneren abgespeichert und im Laufe deiner Lebensjahre hier aufgebaut hast, ohne es bewusst wahrzunehmen. Und ein Gedanke genügt, um Dinge hinzuzufügen, zu verändern oder wegzunehmen. *Viele Nächte hast du schon hier mit mir verbracht, im Garten, in der Bibliothek und im Tempel, stets auch begleitet von Jonathanael.*

Ich fragte in Gedanken, wo Jonathanael sei, und im gleichen Moment nahm ich zu meiner Linken ein hellen Lichtschein wahr. *Fürchte dich nicht, denn ich habe dich erlöst, ich habe dich bei deinem Namen gerufen, du bist mein – spricht der Ewige, der die allerhöchste Liebe und Weisheit ist!*

Jonathanael befand sich direkt neben mir, wie immer, nur dass es mir in diesem Augenblick nicht bewusst war. *Willkommen zu Hause, du weißt, dieser Ort ist nur ein kleiner Raum in einer viel größeren Sphäre, jenseits der materiellen, eingebettet in Licht und ewiger Liebe. Ich bin immer bei dir, begleite deinen Weg schon sehr lange, und jetzt ist es an der Zeit, dass wir uns hier begegnen.*

-Dann ist dies der „himmlische Garten" des berühmten „Sommerlieds"? *Wenn du diesen Ort so nennen magst, ja, das ist er. Und zurecht hast du gerade die Worte Paul Gerhardts im Sinn! Nicht umsonst hast du dich lange mit ihm und seinen Texten beschäftigt, er, wie viele andere auch, war einer von denen, deren Spuren und Wirken zu dir und deinem jetzigen Leben hinführen, deren Erkenntnisse du weiterträgst und vielleicht sogar vollenden kannst.*

Ich war überwältigt, Paul Gerhardts *Sommerlied*, das ich so innig liebe, ist also nicht nur aus der Betrachtung des Dichters der brandenburgischen Landschaft mit seiner Tier- und Pflanzenwelt zu dessen Lebzeiten entstanden, sondern seine Beschreibungen waren mit dem eigenen spirituellen Erleben jenseits des Irdischen verknüpft. „Ach, denk ich, bist du hier so schön und lässt es uns so lieblich gehen, auf dieser armen Erden. Was will denn wohl nach dieser Welt, dort in dem reichen Himmelszelt und güld'nen Schlosse werden? Welch hohe Lust, welch heller Schein, wird wohl in Christi Garten sein, wie muss es da wohl blühen?"

-Das sind keine rein rhetorischen Fragen, sondern ein Hinweis auf das, was er selbst schauen und erleben durfte, aber nur indirekt in seiner Dichtung auszusprechen wagte!

Exakt! Erinnerst du dich noch, wann du dieses Lied so richtig lieben lerntest? -Ja, es war am Tag meiner Konfirmation, als wir es in der Kirche gesungen haben. Und seitdem hat es mich immer begleitet. Viele Predigten habe ich darüber verfasst, oft habe ich es gesungen und die Worte gelesen – und erst jetzt kommt mir die wahre Bedeutung ins Bewusstsein. Ich danke dir und euch allen dafür!

Christina bestätigte diesen Eindruck, und dann hörte ich einen wunderbaren Chor, von sanfter Musik begleitet, dieses Lied singen, alle 15 Strophen. Vor meinem geistigen Auge tat sich eine große Leinwand auf, und zu jeder Strophe konnte ich die passenden Bilder betrachten, es war eine unbeschreibliche Erfahrung, wie man sie als inkarnierter Mensch auf der Erde niemals machen kann.

Nun darfst du noch einmal nachspüren, wie es sich damals für die Seele in der Inkarnation als Paul angefühlt hat, weshalb sie trotz aller irdischen Tränentäler und aller Verluste so fröhlich und zuversichtlich sein konnte! Aber du weißt ja bereits, dass jede inkarnierte Seele immer auch an die Zeit- und Lebensumstände gebunden ist, zumindest zu einem großen Teil. Was du heute erkennst und verstehst, war zu früheren irdischen Zeiten unverständlich, rätselhaft und manchmal auch sehr gefährlich. Und sei gewiss, auch du bist oft genug in deiner Zeit gefangen, obgleich du langsam beginnst, das Lebensspiel endgültig zu durchschauen.

Diese Ausführungen Jonathanaels taten mir gut, sie beruhigten mich und gaben mir das Gefühl, dem Geheimnis und dem Sinn des Lebens auf die Spur zu kommen, zumindest so weit, wie es gegenwärtig möglich war. So verstand ich, dass alle anderen Seelengeister, die ich auf dieser Reise noch kennenlernen sollte, als Anteile des Höheren Selbstes, das sich mir als Christina vorstellte, inkarniert waren, so wie ich jetzt, um Erfahrungen als

Mensch zu machen, um Freude, Leid, Liebe, Lust, Schmerz, Trauer, Leben und Sterben ganz direkt zu erfahren und zu fühlen, und dadurch Schritt für Schritt das große Seelenselbst zu Reife und Vervollkommnung wachsen zu lassen, das seinerseits in eine Seelen-Familie eingebettet ist.

-*Wie ist das aber, mit all den Erfahrungen und Erkenntnissen der früheren Inkarnationen?* Diese Frage trieb mich schon lange um, und Jonathanael gab mir einen Hinweis. *Ich werde es dir mit Hilfe einer Analogie erklären, die dir aus deiner jetzigen Inkarnation geläufig ist: Stell dir das Höhere Selbst mit all seinen Erfahrungen wie einen großen Datenspeicher vor, in dem alles abgelegt ist, und der wiederum mit einem universellen Speicher, nämlich dem, was Menschen inzwischen als Akasha-Chronik oder kollektives Unbewusstes oder wie auch immer, bezeichnen, verbunden ist.*

Wenn du als ein Anteil des Höheren Selbstes inkarniert bist und einen direkten Draht zu deinem Höheren Selbst und deinem Geistführer besitzt, also in deinem Fall jetzt zu Christina und mir, dann hast du Zugriff darauf, meist durch deine Intuition. Du bist jetzt das Ergebnis aller vorigen Inkarnationen Christinas und trägst – zumindest unbewusst – auch alle Kenntnisse und Erfahrungen in dir.

-Darf ich wissen, wie viele es bereits waren und ob du schon immer als Begleiter dabei warst? In diesem Augenblick schaltete sich Christina ein und wies darauf hin, dass es auch Situationen gab und wieder geben könnte, in denen zur selben Zeit mehrere Inkarnationen gleichzeitig möglich seien, was tatsächlich eher eine Ausnahme wäre, aber nicht auszuschließen sei. Dann fuhr sie fort: *Wir sind schon über mehrere Jahrtausende ein gutes Team, du weißt, dass Zeit hier keine Rolle spielt. Wir haben schon mehr als 1400 Leben auf der Erde und andernorts zusammen erlebt. Genaueres darfst du jetzt noch nicht wissen, aber ja, es gibt noch weitere geistige Führer und Begleiter, je nach Auftrag und Ziel einer Inkarnation.*

Und einst war ich, Jonathanael, auch eine Seele mit einem Geistführer, bis ich dann so weit gereift und fortgeschritten war, dass ich selbst zum geistigen Seelenführer werden durfte. Unser Ziel ist es jetzt, dich in sieben Stufen in das höhere Wissen und Verstehen einzuweihen, das hat für uns alle eine besonders große Bedeutung, und noch nie war die Chance zuvor so groß, dass es gelingt. Auf jeder Stufe wirst du an einen anderen geistigen Ort gelangen, der immer mit der jeweiligen früheren Inkarnation und mit dir in Verbindung steht.

Dann wirst du stets eine Botschaft erhalten, die dir auf deinem noch vor dir liegenden Weg hilfreich sein und eine wichtige Erkenntnis aus dieser Inkarnation beinhaltet, die auch für dich weiterhin von Bedeutung sein wird. Mit deinem derzeitigen Wissen und all diesen Erkenntnissen wirst du dich dann auch auf der Erde allen noch nötigen Aufgaben stellen können, bei denen wir dich immer begleiten werden.

So fragen wir nun hier in diesem geistigen Garten: Bist du dazu bereit? -Ja, von Herzen bin ich *bereit, möge mich und uns der Segen der ewigen und allerhöchsten Weisheit, der menschgewordenen Liebe und der alles verbindenden Kraft allezeit begleiten, stärken und bewahren!*

Dann mache es dir jetzt bequem auf deinem Platz und beobachte genau, was nun geschehen wird! Aus meinem Geistkörper trat ein Lichtstrahl aus, er fühlte sich warm und liebevoll an, und dann formte sich dieser Strahl zu einer großen weißen Lichtkugel. Ich spürte die Präsenz Jonathanaels ganz deutlich an meiner linken Seite, und vernahm in mir Christinas Stimme, die meiner eigenen Stimme glich: *Was siehst du? Beobachte alles ganz genau, damit du dich hinterher gut daran erinnern wirst!*

Die Lichtkugel wurde immer klarer und durchsichtiger, und dann erblickte ich einen mittelgroßen älteren Mann in einem schwarzen Talar. Er trug eine kleine schwarze Kappe auf dem Kopf, unter der sein langes, weißgraues Seitenhaar auf die Schultern herabhing. Das Beffchen war sehr groß und breit, anders als es evangelische Geistliche heute tragen. Er schaute ernst, aber doch sehr gütig und liebevoll zu mir herüber.

Willkommen in diesem wunderbaren himmlischen Garten, liebe Schwester! Wie ich sehe, hast du fleißig darinnen gearbeitet und das von mir begonnene Werk weitergeführt! Mögest du gesegnet und begleitet sein, und mögest du vollenden können, was ich als Sterblicher mit des Himmels Kraft und Hilfe beginnen und schauen durfte!

Ich konnte es zunächst kaum glauben, aber vor mir stand tatsächlich der Geist Paul Gerhardts, des größten lutherischen Lieddichters der Barockzeit.

-Hab Dank, lieber Bruder! Es ist mir eine große Freude dir begegnen zu dürfen, und ich danke dir von ganzem Herzen, dass du mir hier erscheinst!

Paul nickte bedächtig und wies darauf hin, dass wir durch alle Jahrhunderte hindurch als geistige Seelengeschwister in ewiger göttlicher Liebe durch unser gemeinsames Höheres Selbst miteinander verbunden sind. Und

dann fuhr er mit seinen Ausführungen fort:
Du hast dich mit dem, was ich als Mensch zu meinen irdischen Lebenszeiten zu Papier bringen durfte, dank unserer Inspiration bereits sehr ausführlich befasst, und du weißt, dass viele Dinge, die ich geschrieben habe, zeitbezogen und im Rahmen der damaligen theologischen Praxis üblich waren, ebenso wie mein Leben von der Politik, der Religion und der Gesellschaft geprägt war. Wer Ohren hatte zu hören, und Geist besaß, zu verstehen, der konnte schon damals das eine oder andere heraushören und deuten. Und zu deiner Zeit glaubt man ja, mein ganzes Werk zu kennen und in meinem Sinne auch interpretieren zu können.

Das ist zu einem großen Teil auch richtig, aber aus geistiger Sicht, schon sehr bald nach meinem Hinscheiden aus der irdischen Welt, wurden mir auch Dinge bewusst, die bei allem Mühen und Streben nach Gottes Liebe und der lutherischen Lehre anders hätten verlaufen sollen. Ja, aus vielen meiner Gedichte sprechen der Trost und die Heimat des Glaubens, der Liebe Jesu und der Sehnsucht nach der göttlichen Heimat. Aber das tägliche Leben war auch geprägt von viel Streit um die rechte Lehre, um die wahre Religion und den einzig wahren Glauben. Mir und meinen Zeitgenossen war der Blick auf eine umfassende Liebe auch den anderen Religionen und Bekenntnissen gegenüber verstellt, zu sehr haben wir nur auf unserer Position beharrt, so wie es die anderen, die Calvinisten und die Katholiken, ebenfalls taten.

Und die Schrecken des großen Krieges hatten wir alle noch selbst miterlebt, wie schön und wichtig war der Friede, doch eine echte Versöhnung und Verständigung hat es damals nicht geben können, weil das niemand von Herzen gewollt hatte. Man war des Leidens und Sterbens müde, wollte Frieden, aber eine echte Aussöhnung voller Liebe und Verständnis haben wir als Geschwister versäumt.

Auch die Auseinandersetzungen in Preußen, die zum Verlust meiner Pfarrstelle in Berlin führten, waren nicht vom Geist der Liebe und des Verständnisses, sondern weiterhin von Kampf und Rechthaben-Wollen geprägt, und niemand mochte auch nur einen Schritt nachgeben.

Darum, liebe Schwester, nimm diese wichtige Erkenntnis aus meinem irdischen Leben mit hinüber: Keine Religion auf Erden, kein Glaube allein besitzt die vollkommene Wahrheit, ja, wie die Geschichte noch immer zeigt, sie alle basieren vor allem auf Macht, Intrigen, Lügen und Irrtümern. Nur wer sich selbst und seinen Nächsten aufrichtig und ohne Bedingungen liebt, ist zur wahren Liebe Gottes fähig und damit würdig, Gottes Kind zu heißen!

Dies ist meine Botschaft an dich, und als Auftrag bitte ich dich darum, dies aus all meinen Dichtungen herauszulesen und zu verkünden.

Paul lächelte mir freundschaftlich zu, hob seine rechte Hand zu einem Segensgruß und verschwand in der wieder dichter werdenden Lichtkugel, die sich in einem Lichtstrahl zurückverwandelte und danach in meinen Geistkörper zurückkehrte.

Ich spürte Wärme, und Jonathanaels Präsenz wurde wieder stärker. *So wirst du fortan diesen himmlischen Garten mit Paul verbinden, und* dessen Botschaft möge dich stets daran erinnern, was wahre und bedingungslose Liebe zu dir, deinen Nächsten und zum Ewigen erfordert!

Du lebst in einer Zeit, die ebenfalls viele schwere Einschnitte und Veränderungen beinhaltet, aber noch nie war die Menschheit, trotz aller gegenwärtigen Kriege und Auseinandersetzungen so reif für spirituelles Erwachen und eine neue Ebene des Verstehens und der Liebe! Sei und werde du ihr Botschafter!

DER TROMMLER UND DIE ZWEITE EINWEIHUNG

In meinem Inneren vernahm ich Christinas Stimme, die mich zu einem Rundgang durch den Garten einlud. Ich lief durch wunderbar blühende Rosenbeete, es duftete ganz herrlich, und zahme Vögel flogen dicht um mich herum. Der Weg führte dann durch einen kleinen Wald, später über eine große weite Wiese, und im Hintergrund konnte ich Meeresrauschen hören.

Ich ging quer über diese Wiese, bis ich an einer steilen Felsklippe stand und unter mir das Meer sehen konnte. Die Luft roch nach Salz, und Christina spürte meine erneute Verwunderung, dass ich, obwohl ich mich nicht in meinem Körper befand, sinnliche Wahrnehmungen hatte. *Ja, du wunderst dich, aber auch die geistige Welt, zumindest auf dieser noch sehr erdnahen Stufe, ist für sinnliche Wahrnehmungen empfänglich, und du sollst dich ja gewissermaßen zu Hause fühlen, mit all dem, was du dir in Gedanken erschaffen hast!*

Ein leichter Druck am linken Arm bestätigte mir Jonathanaels Anwesenheit und dessen Zustimmung. Ich lief weiter, spürte den warmen Wind, ja sogar einige Wassertropfen, und freute mich darüber. Ganz in der Nähe entdeckte ich eine Bank und nahm darauf Platz. *Hier haben wir schon viele Sonnenuntergänge beobachtet, erinnerst du dich? -Ja, aber ich hätte mir niemals vorstellen können, dass dieser Ort so real existiert, wie ich ihn gerade erlebe!*

Umso besser! Christina lenkte meinen Blick auf die Wellen und schickte mir Erinnerungen an meinen ersten Helgoland-Urlaub mit meinem Mann. *Damals hast du diese Bilder ganz tief in dir abgespeichert und später hierher reproduziert. Genieße sie noch einen Augenblick und gib mir dann, wenn du bereit für die nächste Begegnung bist, ein Zeichen.*

Noch eine ganze Weile genoss ich den Blick auf das Meer, dann nickte ich, und Christina bat mich, die Augen zu schließen. *Erinnerst du dich an dein erstes richtiges Buch? -Oh ja, es war das Buch von meiner Großmutter über Fried-*

rich den Großen, und ich konnte noch nicht einmal lesen. Woran genau erinnerst du dich noch? – Wir waren zum ersten Mal nach dem Umzug meiner Großeltern aus dem Harz nach Berlin bei ihnen und meiner Tante zu Besuch, ich war noch nicht eingeschult, und an einem Tag besuchten wir zusammen das Schloss Charlottenburg. Zunächst faszinierten mich die riesigen grauen Filzpantoffeln, mit denen man durch die riesigen Räume schlittern konnte. Und dann hing da das große Bild an der Wand, mit dem kleinen Fritz im blauem Kleid und einer Trommel in der Hand, und neben ihm seine Schwester Wilhelmine mit einem Blumenkorb am Arm.

Ja, genau, was weißt du noch? - Ab diesem Zeitpunkt wollte ich der Fritz von Preußen sein, ich ließ mir sogar, wenn auch widerwillig, Kleider anziehen und einen Pferdeschwanz binden, da ja der Fritz auch Kleider trug und lange Haare hatte, zumindest als Kind auf den Bildern im Buch. Das grüne Buch mit der goldenen Schrift und dem Adler auf dem Einband war mein ständiger Begleiter, immer wieder betrachtete ich die Bilder, erst später, als ich lesen konnte, beschäftigte ich *mich auch mit dem Text. Und es war natürlich in Frakturschrift geschrieben, die ich mit diesem Buch auch gleich lesen lernte.*

Christina bestätigte all meine Erinnerungen und bat mich dann, die Augen zu öffnen. Über dem Wasser befand sich eine große Leinwand, wie ein riesiges Panoramakino.

Wir werden jetzt noch einige weitere Szenen aus deiner Kindheit betrachten, die mit diesen Erlebnissen in enger Verbindung stehen und für dich damals besonders relevant waren, Situationen, die dich auch prägten und deine Entwicklung beeinflussten.

Auf dem Bildschirm erschien die erste Szene, sie zeigte mich mit meinen Eltern und meiner Schwester in unserem Wohnzimmer vor dem Fernseher versammelt. Ich saß, wie immer, auf dem Boden und verfolgte gespannt einen Film. Es war eine Verfilmung des Lebens von Friedrich dem Großen, und eigentlich war es an der Zeit, ins Bett zu gehen. Gerade lief die Szene, in der Leutnant Katte in Küstrin zum

Tode verurteilt worden war, und Friedrich der Hinrichtung beiwohnen musste. Ich weigerte mich ins Bett zu gehen, trotz allem guten Zuredens, ich kannte ja alles aus dem Buch, hatte keine Angst davor, und irgendwie fühlte ich mich regelrecht in diesen Film und die Szene hineinversetzt. *Du hast es erlebt, als wärest du selbst dabei!*

Es folgte eine neue Szene, ich saß im Kindergarten mit geschlossenen Augen auf der Bank vor den Garderobenhaken im leeren Flur und wartete. *Du weißt, warum du dort sitzt? – Natürlich, ich hatte es mir zur Angewohnheit werden lassen, erst, nachdem alle schon drinnen in den Gruppen waren, dort allein zu sitzen und Mut zu schöpfen, um irgendwann später dann auch hineinzugehen. Der Kindergarten war für mich der reinste Horror.*

Ja, das wissen wir, und du weißt heute sicher auch, wer dir damals immer wieder Mut gemacht hat! – Natürlich, es war eure Unterstützung! Und wenn ich mir dann vorstellte, der kleine Fritz zu sein, eine Prinzenschule zu besuchen, in der man das Fechten lernt und ein unsichtbares Schwert bei mir habe, dann traute ich mich später auch hinein und hoffte, dass der Vormittag schnell vorübergehen würde. Ich litt sehr darunter, anders zu sein, und andere Interessen zu haben als die übrig eigentlich *en Kinder dort. Eines machte mir aber große Freude und fiel mir leicht, nämlich die Erzieherinnen und ihre Pädagogik zu durchschauen, weshalb ich sie immer wieder auf den Arm nahm, und gerne auch die Gelegenheit nutzte, nach Hause zu flüchten, denn es war ja gar nicht so weit entfernt.*

Noch einmal folgte eine neue Szene: Wir waren wieder in Berlin, ich ging mit meiner Mutter, meiner Oma und meiner Tante auf der Straße entlang und uns kam ein älteres Ehepaar entgegen. Wir blieben stehen, meine Tante begrüßte die beiden und erzählte, dass ihre Schwester mit Familie zu Besuch sei, und wie gut es doch ist, dass die Eltern jetzt bei ihr wohnten. Die Frau nickte und sagte zu mir: „Und wer bist du?" Meine spontane Antwort: „Ich bin der Fritz von Preußen…!" *Die beiden älteren Herrschaften haben damals sehr humorvoll reagiert, der Tante war es eher peinlich, Mama schmunzelte und Oma lachte laut, aber du wusstest gar nicht, warum die Erwachsenen so merkwürdig reagierten.* Du hast *dich voll und ganz als Fritz gefühlt! -Ja, und das gab mir Selbstvertrauen.*

Weißt du eigentlich, dass du die Angewohnheit des Wartens bis heute beibehalten hast, wenn dir etwas unangenehm ist? — Oh ja, wenn ich morgens zum Unterricht in die Schule muss, dann genieße ich es, noch einen Moment im Auto zu sitzen und Mut zu schöpfen. Exakt, und du weißt ja inzwischen, woher du den bekommst, auch wenn du jetzt nicht mehr zum Fechten gehst!

Auf der Leinwand erschien nun das große Gemälde vom kleinen Fitz mit seiner Schwester Wilhelmine, so dass ich es mir ganz genau anschauen und selbst das kleinste Detail wahrnehmen konnte, vor allem den schwarzen Knaben im Hintergrund mit einem Schirm über dem Schulter und einem Vogel auf der Hand. Plötzlich fiel ein starker Lichtschein auf das Bild, der kleine Fritz trat heraus und stand neben mir mit seinem blauen Kleid, und lächelte mir zu: *Willkommen auf der anderen Seite! Ich freue mich, dass dieses Bild einen so großen Eindruck auf dich gemacht und unsere Seelenverwandtschaft auf besondere Weise hervortreten ließ! - Dann war auch das damals alles viel mehr als nur eine kindliche Phantasie? Gewiss doch!*

Der kleine Fritz wurde vor meinen Augen erwachsen, und trug die blaue Uniform mit dem Adlerorden. *Du hast viele Bücher über mich und mein Leben gelesen, du weißt selbst, wie einseitig und falsch Darstellungen sein können, wenn Menschen aus einem ganz bestimmten Blickwinkel über andere Menschen schreiben und Ideen aus ihrer Zeit in die Vergangenheit übertragen, die es damals so gar nicht gegeben hat. Sehr viele Dinge sind in meiner Inkarnation als Friedrich nicht gerade positiv verlaufen, aber inzwischen weiß ich, dass viele Begegnungen und Ereignisse Teil des Seelenplanes waren und zur Reife und Erkenntnis der Seele so geschehen mussten. Und, wie du weißt, war auch ich an meine Zeit gebunden, an Konventionen und Er-*

wartungen. Vielleicht wäre ich besser in einem weiblichen Körper inkarniert, aber ich sollte auch lernen, das Weibliche in mir zu integrieren, das ist leider nur ansatzweise gelungen.

Doch für dich geht es um die besondere Botschaft für deine jetzige Inkarnation: Du weißt aus den Büchern, und das stimmt voll und ganz, wie mein Vater durch seine Frömmigkeit und seinen religiösen Eifer mein Leben negativ geprägt, dominiert und sogar fast vollständig zerstört hat. Meine religiöse Haltung als Erwachsener war Protest und Ablehnung solch pietistischer Bigotterie. Aber ich war niemals ein Atheist, ich war vielmehr ein sehr sensibler und musischer Schöngeist, den man mit Gewalt dazu brachte, den starken Mann, Feldherrn und König zu spielen. Mein Hang zur Freimaurerei und vor allem zur Musik und zur Philosophie waren Ausdruck dieser inneren Haltung. Ich war meiner Zeit einfach zu weit voraus. Und dass es auch damals unter den Pfarrern und gelehrten Theologen große Egoisten und Tyrannen gab, ist für dich gewiss keine Neuigkeit. - Nein, ganz sicher nicht, das zieht sich durch die Jahrhunderte hindurch!

Friedrich setzte seine Ausführungen fort: *Ich vermochte es noch nicht, zwischen einer spirituellen Bindung und menschengemachter Religion mit Machtansprüchen und Bevormundung zu unterscheiden, und ich habe sehr oft die sanften Botschaften aus meinem Inneren ignoriert und dadurch viele falsche Entscheidungen getroffen. Das sollst du wissen und als meine Botschaft mitnehmen: Nur die Liebe und das Vertrauen in die spirituelle Führung bringen uns wirklich voran. Gehe deinen Weg mit all dem Wissen, das wir dir offenbaren können, konsequent weiter, verurteile nichts und niemanden, und denke stets daran, dass kein Mensch perfekt ist und jeder der geistigen Unterstützung bedarf. Ein Segen, wenn ein Mensch diese wahrnehmen und annehmen kann, egal in welchem Körper er sich befindet!*

Friedrich winkte und trat in das Bild zurück, wo er als kleiner Fritz wieder seinen gewohnten Platz einnahm. Christina bat mich, die Augen zu schließen. Als ich sie wieder öffnete, waren Bild und Leinwand verschwunden, und ich hörte nur noch das Meerrauschen.

SCHWEIZER BERGE UND
DIE DRITTE EINWEIHUNG

Nach einer Weile fragte Christina, ob ich bereit sei, den Spaziergang durch den Garten fortzusetzen. Ich bejahte, und ich war sehr gespannt, wohin unser Weg nun führen und welche Begegnung uns erwarten würde.

Wir verließen die Bank am Meer, gingen einen Pfad entlang und gelangten durch einen kleinen Wald zu einer blühenden Almwiese, wo sich unter dem Dach einer Schutzhütte eine wundervolle Sitzgelegenheit mit Aussicht anbot. Mein Blick wanderte ruhig über die Landschaft, und im Hintergrund erhob sich ein mächtiges und sehr imposantes Bergmassiv. *Ja, so schnell kann man vom Meer ins Gebirge gelangen! Genieße wieder für einen Moment diese Atmosphäre, schließe die Augen, und gib mir dann ein Zeichen, wenn du bereit bist!*

Natürlich kam mir auch diese Landschaft bekannt und sehr vertraut vor, ich brauchte gar nicht mehr darüber nachzudenken, dass auch sie ein Produkt meiner gedanklichen Schöpfungskraft war. Ich öffnete nach einer Weile wieder die Augen und nickte, woraufhin Christina sagte: *Nach den bisherigen Begegnungen könntest du den Eindruck bekommen, dass in unserer Geschwisterreihe nur bekannte und der Nachwelt noch in guter Erinnerung gebliebene Seelenanteile aktiv waren, aber dem ist absolut nicht so. Bedenke, dass wir inzwischen schon mehr als 1400 Inkarnationen erlebt haben, aber definitiv nur sehr wenige davon in die Öffentlichkeit führten. Doch diese sind dann meist diejenigen, die einen besonderen Fortschritt markieren, der auch in der allgemeinen menschlichen Geschichte erinnert wird, sei er positiv oder negativ gewesen. Und für dich und uns ist es immer leichter, die Beschäftigung auf Biographien zu lenken, die allgemein zugänglich sind.*

-Das heißt, dass die Inkarnationen über alle Zeiten und Länder der Erde verteilt waren, dass sich männliche und weibliche Körper darunter befanden, und sowohl die Erfahrungen von Liebe, Beziehungen, Freude und Erfolg als auch Verlust,

Trauer, Krankheit Tod und Leid Bestandteile eines Seelenplans sind?

Das und noch vieles mehr, und darunter auch Inkarnationen, die sich nicht auf der Erde abspielten und besondere Lernerfahrungen beinhalteten. Aber seit einigen Jahrhunderten liegt der Schwerpunkt tatsächlich auf der Erde, auf Mitteleuropa und Deutschland, weil es dort die für uns geeignetsten Bedingungen gibt. Und das hat, wie du bereits festgestellt hast, auch mit dem Seelenalter und der Reife zu tun. Nun geh bitte in Gedanken einmal all die Themen entlang, die dich in dieser Inkarnation besonders fasziniert und interessiert haben, begonnen im frühen Kindesalter bis dorthin, wo du dich jetzt befindest.

Ich brauchte gar nicht lange nachzudenken, die Bilder stellten sich von allein ein, ganz ohne Leinwand, und ich hatte Mühe, mir alles zu behalten. *Ja, das ist sehr viel geistiges Material, beginnen wir jetzt ganz vorn, und ich frage dich, ob du dich an dein erstes großes Interessensgebiet erinnerst? -Ja natürlich, das war die „Heidi-Geschichte" nach Johanna Spyri.*

Dann ist dir jetzt sicher auch deutlich geworden, weshalb wir hier auf dieser Almwiese vor dem wunderbaren Bergpanorama sitzen! -Ich wusste sofort, dass auch das etwas mit mir zu tun haben muss. Aber eine Frage beschäftigt mich: „Heidi" war doch eigentlich nur eine Geschichte, eine zweiteilige Erzählung von Johanna Spyri, die mir von Kindesbeinen an als japanische Trickfilmserie und später auch als Mehrteiler im Fernsehen zugänglich war.

Das ist richtig, aber bedenke bitte, wie jung du warst und wie leicht wir den Einstieg für dich bereiten mussten, um dich mit Fragen von Gerechtigkeit, Liebe, Verständnis, Freundschaft und auch Glauben vertraut zu machen. Die Geschichte, die Johanna Spyri auch als Inspiration empfangen hat, und durchaus reale inkarnatorische Hintergründe besaß, war sehr gut geeignet, besonders in dieser Form. Und du weißt auch, dass deine ersten Berührungspunkte die Identifikation mit den Hauptfiguren Heidi und Alm-Öhi waren! Gewiss würdest du heute viele Aspekte ganz anders verstehen, aber damals fühltest du dich als Alm-Öhi, so wie es später dann die reale Identifi-

kation mit Fritz von Preußen gab. Nicht ohne Grund haben wir diese gerade betrachtet!

Und noch etwas war für dich wichtig: Dein Seelenteil war in diesen ersten Lebensjahren noch ganz auf einen männlichen Körper konditioniert, aus ganz unterschiedlichen Gründen, und die Erinnerungen an die Inkarnationen als verbitterter alter Mann, der gerne Pfeife rauchte, einerseits, und als kleines aufgeschlossenes Waisenmädchen andererseits, wirkten hinein, um in dir den Ausgleich der Polaritäten in einem weiblichen Körper zwischen männlich und weiblich voranzubringen. Das ist eines deiner Themen, und es begegnet dir, wie du weißt, in verschiedenen Varianten immer wieder. -Oh ja, das weiß ich, und jetzt beginne ich, verschiedene Dinge zu begreifen.

Dann wirst du jetzt unseren Alm-Öhi kennenlernen, er trug den Namen Beat und lebte in einem kleinen Schweizer Bergdorf. Aus meinem Geistkörper trat ein Lichtstrahl aus, der sich auf der Wiese zu einer männlichen Gestalt verwandelte. Dann sah ich Beat vor mir stehen, es war definitiv der Alm-Öhi meiner Kindertage. Er schaute sich um, betrachtete die alpine Landschaft, und zog genüsslich an seiner Pfeife.

Ja, ich bin der Beat, der alte und verschrobene Einsiedler aus den Bergen! Und es war Vieles den damaligen Umständen geschuldet, dass ich zu dem geworden bin, der ich war. Das soll keine Entschuldigung sein, ich habe lange genug mit unseren Geschwistern daran gearbeitet, das alles zu verstehen. Aufgrund meiner Familiengeschichte und all der harten Arbeit und der vielen Entbehrungen, all des Leids und der Verluste, habe ich meinen Glauben verloren, meinen Sohn verstoßen und später mein verwaistes Enkelkind aufgenommen. Doch zu viele Dinge sind schiefgelaufen, ich habe selbst niemals Liebe kennengelernt und darum war es sehr schwer, überhaupt zu anderen Menschen eine Beziehung aufzubauen. Darum meine Botschaft an dich: Unterschätze niemals die Kraft liebevoller Gedanken und selbst kleinster Gesten oder Worte!

Beats Umrisse verschwanden, und dann trat aus dem Licht ein kleines blondes Mädchen heraus, das mich anschaute und lächelte. *Ich bin Melinda, bald nach Beats Tod kam ich in diese Welt, meine Aufgabe bestand einzig darin, Liebe und Zuwendung in einer großen Familie zu erfahren, trotz widriger Umstände und schlechter Zeiten. Das war ein großes Geschenk und brachte neue wertvolle Erfahrungen. Mit 12 Jahren war mein Auftrag beendet, und ich kehrte zurück in die jenseitige Welt, glücklich und dankbar für alle Erlebnisse. Darum meine Botschaft für dich: Es ist nicht wichtig, wie lange man lebt, sondern wie glücklich und zufrieden man ist, auch ohne großen materiellen Reichtum. Allein die Liebe untereinander zählt.*

Für einen kleinen Augenblick konnte ich erkennen, wie Melinda und Beat miteinander verschmolzen und im hellen Lichtstrahl verschwanden, der sich dann mit einem warmen Gefühl wieder in meinen Geistkörper hineinversenkte. Christina bat mich, wieder die Augen zu schließen. So verging eine ganze Weile bis ich den Auftrag erhielt, die Augen wieder zu öffnen. Vor mir schwebte wieder eine große Panoramaleinwand, und ich schaute auf verschiedene Szenen aus meinen ersten fünf Lebensjahren.

Dann fragte Christina, während die nächste Sequenz startete: *Erinnerst du dich noch daran, wie du mit deiner Omi im Tabakladen warst und sie dir eine Pfeife gekauft hat? -Oh ja, daran erinnere ich sehr gut! Omi war großartig, sie stellte keine merkwürdigen Fragen oder gab irgendwelche Kommentare ab, nein, sie sagte einfach: „Wenn das Kind eine Pfeife zum Spielen möchte, dann kaufen wir eben eine! Fertig aus!"*

Und den Verkäufer im Laden kannte sie gut, der war sehr freundlich und fand es ebenfalls nicht merkwürdig, dass die Großmutter ihrer Enkelin eine Pfeife zum Spielen kaufen wollte!

Genau diese Szene betrachteten wir gemeinsam, und meine Erinnerungen stimmten mit den Bildern exakt überein. *Und als Alm-Öhi wolltest du natürlich auch handwerklich tätig sein, sammeltest Schraubenzieher, und die Rückenlehnen der Wohnzimmerstühle hast du zum Leidwesen deiner Eltern auch bearbeitet.*

-Auch daran erinnere ich mich gut, aber beson-
ders an den Tag, als ich den Puppenwagen in ei-
nen Handwerkskarren umfunktionierte!

Vor mir ploppte genau in diesem Augenblick die entsprechende Situation auf: Es war wohl an einem Geburtstag, und meine Tante hatte einen alten Puppenwagen mit rosa-kariertem Stoff neu bezogen. Alle Familienmitglieder waren im Wohnzimmer versammelt und bewunderten den schönen Puppenwagen, in dem auch mein rosa Teddy lag. Ich weiß noch ganz genau, wie entsetzt ich über dieses Geschenk war, und dann ging ich kurzerhand zum Schrank im Flur, holte die Werkzeugtasche meines Vaters heraus und kippte den kompletten Inhalt daraus in den Puppenwagen hinein, den ich dann triumphierend hinter mir herzog. Damit war das Thema „ein braves Mädchen sein" und „mit Puppen spielen" ein für alle Mal erledigt.

Du wusstest schon immer sehr genau, was du willst, und was du nicht willst. Ein braves Mädchen sein, das wolltest du auf gar keinen Fall!

-Zumindest nicht, wenn man es erwartete oder damit ein bestimmtes Verhalten intendiert war! Entweder machte ich etwas freiwillig und gerne, oder ich verweigerte mich komplett.

Das kann auch heute noch passieren! Ich glaubte, in Christinas Stimme auch einen humorvollen Unterton zu hören und stimmte ihr zu: *-Ja, ein braves Mädchen will ich auch mit knapp 50 noch nicht sein!* Die Bilder vor mir lösten sich langsam auf, und das wundervolle Bergpanorama kam wieder zum Vorschein. *Genieße noch ein wenig die besondere Atmosphäre hier, und dann verbinde alle Erinnerungen und Eindrücke miteinander.*

Ich schloss die Augen, atmete tief ein und aus, und dann ließ ich all das gerade Erlebte noch einmal in Gedanken an mir vorbeiziehen. Es war ein sehr eindrucksvolles Gefühl zu erkennen, dass selbst die frühesten Kindheitserinnerungen bereits mit dem Lebensplan in Verbindung standen und einen tieferen Sinn hatten.

DER BURGGARTEN UND
DIE VIERTE EINWEIHUNG

Bald verließen wir die Almwiese mit dem Bergpanorama und durchwanderten einen großen Weinberg, an dessen Fuß eine mittelalterliche Stadt lag. Wir blieben vor einem roten Stadttor stehen, über dessen Eingangsportal sich eine Marienstatue befand, die eine gekrönte Himmelskönigin darstellte, mit dem rechten Fuß auf der Mondsichel stehend, ein goldenes Szepter in der Rechten und den Jesusknaben in der Linken haltend. Oben am Stufengiebel konnte ich eine große Uhr mit römischen Ziffern erkennen.

Herzlich Willkommen auf der nächsten Station unserer Reise! Du kennst das irdische Vorbild dieser Stadt, und wir kennen sie aus anderen Zeiten und Inkarnationen. Dieses Tor war schon immer ein wichtiger Knotenpunkt zwischen bedeutenden Lebens-Orten.

Wir durchschritten das Tor, liefen durch kleine Gassen, die mir bekannt vorkamen. Dann überquerten wir einen großen Marktplatz und gingen durch ein weiteres Tor, bogen in eine größere Gasse ab und standen schließlich vor der Zugbrücke einer mächtigen grauen Burg. Vor meinem inneren Auge stiegen sofort Bilder auf von Kreuzrittern, Rittern in glänzenden Rüstungen, Turnieren, Kämpfen und mittelalterlichem Burgleben.

Wir überquerten die aufgeklappte Zugbrücke, die den Burggraben überspannte, durchschritten das mächtige hölzerne Tor, und gelangten durch einen langen Gang, der mit Fackeln beleuchtet war, in einen Burghof. Von dort aus kamen wir schließlich in einen wunderbaren Garten, der auf einer Terrasse unterhalb des Wehrgangs lag. Von dort aus hatte man einen großartigen Blick auf den unter der Burg gelegenen See.

Willkommen auf deiner Burg! Auch dieser Ort ist eine Kreation deiner Gedanken, angelehnt an reale Orte auf der Erde, aber das dürfte dir inzwischen längst klar sein! Und natürlich ist auch die Wahl dieses Ortes für unsere nächste Begegnung ganz bewusst gewählt, denn in diesen Sphären gibt es,

wie auf der Erde übrigens auch, keine Zufälle,
sondern höchstens Zu-Fälle!

Ich konnte Christinas humorvolles Wortspiel
geradezu körperlich nachvollziehen, da ich
genau in diesem Augenblick auf meiner linken Seite Jonathanaels Präsenz wieder sehr
stark spürte, und zu meinen geistigen Füßen
sah ich eine Schriftrolle von oben auf den
Boden schweben. Jonathanael führte mich zu
einer Bank, und Christina erteilte mir erneut
den Auftrag, die Augen zu schließen.

In diesem Moment war mir, als würde ich
wundervolle leise Musik hören, ein leichter
Luftzug war zu spüren, und dann meldete
Christina sich, um mir mitzuteilen, dass alles
vorbereitet sei. So öffnete ich die Augen, und
sah, dass die eben noch sehr kleine Schriftrolle zu einer großen schwebenden Panoramaleinwand geworden war.

Dann werden wir uns jetzt deiner großen Leiden-
schaft für Ritter, Burgen und Schwerter zuwen-

den. Dazu wollen wir zunächst wieder einige Szenen aus deiner Kindheit betrachten!

Auf der großen Bildfläche sah ich mich mit meinen Eltern über einen Jahrmarkt laufen, es gab dort zahlreiche Fahrgeschäfte, Losbuden und Imbissstände, und dazwischen auch einen großen Verkaufsstand mit Spielzeugen aller Art. Es war ein sonniger und warmer Sonntagnachmittag, und wir hatten einen Ausflug nach Frankfurt gemacht, denn im Hintergrund erkannte ich den Eisernen Steg, so dass es wohl das Mainfest gewesen war.

Und dann erblickte mein kleines Ich an dem Spielzeugstand einen großen Ständer mit Plastikschwertern. Es war schon während meiner „Fritz-von-Preußen-Phase", denn ich trug tatsächlich ein Kleid! Die ältere Frau, die für den Verkauf zuständig war, kam heran und zeigte mir die verschiedenen Modelle, die sie im Angebot hatte. Mein Vater zog mich weiter, meine Mutter war unschlüssig, folgte uns aber nach. Sie sagte dann etwas zu meinem Vater, und schließlich gingen wir alle zurück zum Stand. Ich durfte mir nun ein Schwert aussuchen, die Frau trennte mit einer Schere den Faden durch, mit dem das Schwert am Ständer angebunden war und drückte es mir mit einem Lächeln in die Hand. Es war ein großes, langes, und mit Ornamenten verziertes Plastikschwert in einer Hülle, an deren Seite auch ein roter Gürtel zum Umbinden befestigt war. Mein Vater bezahlte das Spielzeugschwert, meine Mutter band es mir um den Bauch, und mit einem Kuss bedankte ich mich bei meinem Papa und bei meiner Mama für das Geschenk, das die Belohnung dafür war, dass ich, ohne große Schwierigkeiten zu machen, mir zu Hause ein Kleid hatte anziehen lassen.

Es war ein herrlicher Anblick, mich mit einem bunt gemusterten Sommerkleid, roten Sandalen, weißen Kniestrümpfen und diesem überdimensionierten Schwert an den Hüften zu betrachten.

Jetzt hattest du deinen Willen bekommen, an diesem Tag konnte dich nichts mehr aus der Ruhe bringen, und du hast dein Schwert abends sogar mit ins Bett genommen. Als deine Schwester dir später aus Berlin noch ein kleineres Exemplar mit der Nibelungensage auf der Hülle mitbrachte, da warst du unendlich glücklich. Du hattest dann ja auch deine Ritterfiguren, entsprechende Bilderbücher und vor allem deine Ritterburg bekommen, das war das Weihnachtsfest, an dem Oma Gretel ihren Ausraster bekam, aber das ist eine andere Geschichte, die nichts mit dir zu tun hatte.

Schauen wir noch etwas anderes an, du ahnst es sicher schon, denn dein Schwert war nicht nur Spielzeug und heimischer Begleiter, sondern auch ein magischer Gegenstand, der dir unendlichen Mut verleihen konnte.

Vor meinen Augen sah ich nun die Szene, die ich genau so auch in Erinnerung behalten hatte: Es war an einem Samstagabend, mein Vater besaß die Angewohnheit, auf dem Fußboden im Wohnzimmer zu liegen und dabei zu lesen oder Fernsehen zu schauen. Es war schon spät geworden, und ich sollte endlich ins Bett gehen, was ich aber keinesfalls wollte. Meine Mutter und meine Schwester beobachten vom Sofa aus die Szene, und irgendwann schnappte mich mein Vater und trug mich ins Kinderzimmer, wo ich gefälligst bleiben sollte. Er steckte mich ins Bett, drohte mir Konsequenzen an, falls ich mich noch einmal im Wohnzimmer blicken lassen würde, schloss die Tür hinter sich und verschwand. Einen Moment dachte ich nach, dann sprang ich aus dem Bett, ergriff mein Schwert, wissend dass es Folgen haben dürfte, stürmte ins Wohnzimmer und lief auf meinen ahnungslosen Vater zu, der wieder auf dem Boden lag. Dann zog ich mein Schwert, murmelte etwas, „stach" ihn seitlich in den Bauch und verschwand schnell wieder im Kinderzimmer.

Ja, er war damals so irritiert, dass er dich nicht verfolgte und es keine Konsequenzen gab. Deine Schwester und deine Mutter waren sprachlos, und sie bewunderten im Stillen deinen Mut. Und danach wurdest du nie wieder mit Gewalt ins Bett gebracht, fortan habt ihr euch immer friedlich geeinigt.

Schau jetzt in Ruhe die nächsten Bilder an, sie stammen alle aus vergangenen Inkarnationen, sie sind dafür da, deine Begeisterung für diese Zeit mit realen Bezügen zu bestätigen, wobei du heute natürlich nur zu gut, weißt, dass von Ritterromantik und dergleichen keine Rede sein konnte.

Dann sah ich mehrere Szenen, die aus ganz unterschiedlichen Epochen stammten, sich an ganz verschiedenen Orten abspielten, und alle möglichen Verkörperungen zeigten: Tempelritter, blutige Gefechte, Frauen auf Burgen und in ärmlichen Behausungen, Männer in glänzenden Rüstungen auf Ritterturnieren, trauernde Witwen, triumphierende Deutschordensritter in roten Backsteinburgen, und immer wieder auch Geistliche, Gelehrte, Ordensleute, Mönche und Nonnen in ihren Klöstern.

Das alles liegt in dir verborgen, die Erfahrungen aus diesen und noch ganz vielen anderen Inkarnationen trägst du jetzt in diesem Leben in dir. Und wir haben jetzt eine Begegnung ausgewählt, die für dich besonders wichtig ist!

Erneut spürte ich, wie sich ein Lichtstrahl aus meinem Geistkörper löste und sich vor mir in eine Gestalt verwandelte. Ich erblickte einen Deutschordensritter in seinem typischen weißen Waffenrock mit dem schwarzen Kreuz auf der Brust. Sofort standen mir Bilder vor Augen, welche Aufregung und Freude ich immer erlebte, wenn wir in meiner Kindheit mit unserem Auto am mächtigen Frankfurter Deutschordenshaus mit der barocken Deutschordenskirche vorbeifuhren, wo es zur Straßenseite einen großen Balkon gibt, auf dem noch heute zwei steinerne Ordensritter mit Lanzen und Schildern stehen.

Sei gegrüßt! Mein irdischer Name war Gottfried, und ich fand im Jahre 1410 meinen Tod in der Schlacht von Tannenberg. Ja, die Frankfurter Kommende hat immer Erinnerungen in dir geweckt. Zu meinen Lebzeiten sah das Gebäude freilich anders aus, als du es heute noch sehen kannst. Deine innere Erregung beim Anblick von roten Backsteinburgen, dein Sehnen nach den Gebieten, die man zu meiner Zeit das Deutschordensland nannte und aus denen deine großmütterliche Fa-

milie stammte, sind auch alte Erinnerungen an mich und mein Leben als Ordensmitglied. Ja, ich war ein überzeugter Ordensritter, aber nachdem ich in dieser Schlacht mit zehntausend anderen Menschen den Tod fand und sodann dieses Leben und seine Erkenntnisse reflektierte, da erkannte ich, wie weltlich, eigenwillig, ruhmbesessen und menschenverachtend mein Umfeld und meine eigenen Interessen gewesen sind.

Diese Inkarnation war ausschlaggebend für alle weiteren, denn fortan waren das Ritterleben und die entsprechende Epoche Geschichte geworden. Meine Botschaft für dich heute ist diese: Bedenke stets, ob das, was du tust, aus Liebe und im göttlichen Licht, oder aus Eigensinn und Ruhmessucht geschieht. Denn auch zu deinen Zeiten gibt es viele Fallstricke und Verlockungen. Doch trage all die Erinnerungen mit dem Wissen weiter, dass du jetzt besitzt, lass es weiterhin lebendig in dir sein, und bewahre die Verbindung zu uns auf der anderen Seite. Lebe wohl und sei gesegnet!

Gottfried verschwand in einer Wolke aus Licht, und dann erblickte ich vor mir eine

Frau in einem hellen Leinengewand. An ihren Füßen sah ich braune Lederschuhe und in der Hand hielt sie einen kunstvoll bemalten Tonkrug. Wir blickten uns lange an, und dann ergriff sie das Wort: *Mein Name ist Anna, ich wurde 1441 in Lyon geboren und entstammte einer alten Handwerkerfamilie, in der es schon immer Tonkünstler gegeben hatte. Nach dem frühen Tod meines Vater übernahm ich sehr jung den Betrieb, unterstützt von meiner Mutter und meinen Geschwistern, ich verkaufte auf dem Markt vor der noch nicht fertiggestellten Kathedrale die von mir getöpferten Waren.*

Mein großer Traum war es, als Frau unabhängig und anerkannt zu sein, als Künstlerin zu leben und zu arbeiten, Geschirr auf der Töpferschreibe herzustellen und kunstvoll zu bemalen, um es dann den Menschen zu verkaufen. Ich hatte Glück, mein Leben war gesegnet und von guten Engeln begleitet, die mir immer wieder Menschen schickten, die mir halfen und mich unterstützten. So konnte ich mir später ein kleines Haus mit einen Laden am Marktplatz leisten, mit angeschlossener Werkstatt und einem Wohnraum im Ober-

geschoss. Als ich älter wurde, kam Jean, ein entfernter Verwandter zu mir, er war mein Freund, Geschäftspartner und ein sehr begabter Verkäufer. Deshalb musste ich niemals heiraten und konnte ein weitgehend selbstbestimmtes Leben führen, obwohl ich eine Frau war und nicht den üblichen Konventionen entsprach.

So will ich dir heute Mut machen, glaube an dich und das, was dir als Begabung für deinen Auftrag mitgegeben ist, sei du selbst und setze dich auch gegen äußere Widerstände und Erwartungen anderer an dich durch, aber tue es immer mit Liebe und einem engen Vertrauen auf die himmlische Führung. Du weißt, und dazu ist eine Inkarnation immer wichtig, nur in einem Körper kannst du Fühlen, Liebe empfinden und Liebe an andere weitergeben. Denke, wenn es irgendwann einmal nicht so positiv aussieht, immer daran, dass es auch wieder aufwärts geht. Das, was du willst und du dir wünschst, das wird sich auch erfüllen!

Anna lächelte, winkte zum Abschied und löste sich im Lichtstrahl auf, der dann wieder in meinen Geistkörper zurückglitt. Ich spürte in diesem Moment ganz stark Jonathanaels Präsenz am linken Arm, es war wie eine Bestätigung dessen, was Anna und zuvor Gottfried mir als Botschaften übermittelt hatten.

Du ahnst sicher bereits, dass das Höhere Selbst, deine Seele, sich relativ schnell nach Gottfrieds Tod wieder inkarniert hat, um dann als Anna in Frankreich diese ganz neuen Erfahrungen machen zu können. Annas Inkarnation war der Übergang zu neuen Aufgaben und Lerninhalten für die Seele. Das alles hast du jetzt erfahren können. Schließe jetzt wieder deine Augen und lass all das, was du gerade gehört und gesehen hast, an dir vorbeiziehen. Nimm dir Zeit dafür, solange du möchtest!

Noch einmal sah ich all die Bilder und Personen vor mir, reflektierte das, was ich gehört hatte, und dann wandte ich mich an Jonathanael: -*Warst du auch bei diesen beiden, Gottfried und Anna, als Schutzengel beauftragt?*

Ja, und bei Anna gelang die innige Verbindung besonders gut, du hast jetzt sehr viele Wesenszüge

Annas in diese Inkarnation mitgenommen und spiegelst vieles davon wider, was es damals schon an wichtigen Lebensthemen gab.

Christina schaltete sich in unsere Unterhaltung ein und bestätigte Jonathanaels Ausführungen: *Auch wenn irdisch gesehen, viele Jahrhunderte oder gar Jahrtausende vergehen, so bleiben doch die Aufgaben oft gleich. Manchmal müssen Lebenserfahrungen auch mehrmals zu unterschiedlichen Zeiten gemacht werden, weil sich die äußeren Umstände verändert haben oder neue Aspekte dazugekommen sind. Und bedenke auch nochmals: All diese Geister sind, wie du jetzt, Aspekte meiner Selbst und Teile von mir, die zusammen ein großes Ganzes ergeben, das wiederum in einer Familie ein Teil des Größten und Allerhöchsten ist. Viele Dinge sind schwer in irdischen Worten zu beschreiben, und auch Bilder können nur unzureichend erfassen, was die Wirklichkeit ist.*

Doch jetzt lade ich dich zu einem Rundgang durch deine Burg ein, denn bisher hast du ja nur den wunderbaren Garten kennengelernt!

DAS TURMZIMMER UND
DIE FÜNFTE EINWEIHUNG

Christina führte durch die ganze Burg, ich durchschritt viele Räume, die zum Teil altertümlich, teilweise auch sehr modern anmutend eingerichtet waren und sich auf verschiedenen Ebenen und Etagen befanden.

Jeder einzelne Raum spiegelt einen bestimmten Seelenaspekt wider, vieles kommt dir bekannt und vertraut vor, anderes scheint unbekannt und fremd zu sein. Du kannst es gerne mit modernen Begriffen bezeichnen und „bewusst", unbewusst" uns „überbewusst" nennen. Und bedenke, dass all unsere Seelenaspekte und geistigen Geschwister auch ihren Anteil daran haben.

Der Rundgang schien sich langsam dem Ende zu nähern, als wir die Burgkapelle erreicht hatten. Christina bestätigte meinen Eindruck, wies aber darauf hin, dass jetzt diese Kapelle und ein weiterer – danach noch zu besuchender - Ort für unseren Weg noch besonders wichtig wären.

Die Kapelle strahlte eine lichtvolle heilige Atmosphäre aus, es waren angenehme warme Schwingungen zu spüren, und die farbigen Fenster leuchteten unbeschreiblich intensiv. Christina lud mich ein, im Gestühl vor dem Altarbereich Platz zu nehmen, um die Symbole und Bilder an den Wänden genauer betrachten zu können. Ich erkannte nicht nur mir bekannte und vertraute christliche und jüdische Symbolik, sondern auch Darstellungen aus anderen Religionen, die hier zu einem großen Ganzen verschmolzen.

Dies ist ein Tempel der absoluten Weisheit, Liebe und Toleranz, denn du weißt, dass keine der irdischen Religionen je den Zugang zur absoluten Wahrheit besitzen wird, und dass leider viele ihrer Repräsentanten aus unlauteren Motiven handeln und den Sinn von Religion geradezu pervertieren mit dem, was sie tun und von anderen Menschen einfordern. Lass uns dankbar niederknien vor der Heiligkeit und Größe der Ewigen Weisheit, lass uns danken für alle Liebe, für alle Erfahrungen, die uns bisher geschenkt wurden, und uns zu dem werden ließen, was wir jetzt sind, darum wissend, dass unser Weg noch nicht am Ende angelangt ist, wir ihn aber gemeinsam unter dem Segen und der liebevollen göttlichen Führung vollenden wollen, um einst ins Licht heimkehren zu dürfen.

Jonathanaels Präsenz war zu meiner Linken intensiv spürbar, und so waren wir lange Zeit gemeinsam und auf besondere Weise miteinander dort verbunden, in tiefer Kontemplation, umgeben von unbeschreiblichen Harmonien aus Klang, Licht und Farbe.

Es fiel mir sehr schwer, mich von dieser wunderbaren Atmosphäre zu lösen, aber die Zeit zum Aufbruch war gekommen. Ich verbeugte mich vor dem Altar, und Christina wies mich an, die Kapelle durch eine von mir bisher noch nicht wahrgenommene Seitentür zu verlassen. Hinter der Tür führte eine Wendeltreppe viele Stufen hinauf, und ich bemerkte, dass wir uns nun in einem großen runden Turm befanden. Immer höher führte die Treppe hinauf, bis wir auf dem obersten Absatz vor einer geschlossenen hölzernen Tür standen.

Du darfst diese Tür jetzt gerne öffnen! Beherzt drückte ich die schwere Klinke herunter und öffnete die mächtige Tür. Ich blickte in einen großen Raum hinein, der im Biedermeier-Stil eingerichtet war. An den Wänden hingen Zeichnungen und Landschaftsbilder, Porträts und gerahmte Handschriften. Vor dem großen Fenster, das einen atemberaubenden Seeblick bot, stand ein Schreibtisch, daneben erblickte rechts ich ein kleines Regal mit Skripten und links ein sehr gemütlich anmutendes Sofa, einen runden Tisch und dazu zwei Sessel.

Mache es dir auf dem Sofa bequem! Ich betrat den Raum, schloss die Tür hinter mir und setzte mich auf das Biedermeier-Sofa. Auch von dort hatte ich einen wunderbaren Blick zum Fenster und hinaus auf den See. Dann erkannte ich, dass es auch auf der anderen Seite des Raumes noch ein weiteres Fenster gab, das ebenfalls den Blick auf den See ermöglichte.

Jetzt schließe wieder deine Augen und atme ganz tief und ruhig! Es war noch immer ein merkwürdiges Gefühl, dass ich, obwohl ich mich nicht in meinem Körper befand, alle sinnlichen Eindrücke wahrnehmen konnte, dass ich hörte, sah, roch, fühlte - und atmete. Sodann fiel mir auf, dass Christinas Anweisungen, seit wir das Turmzimmer betreten hatten, ziemlich kurz gehalten waren. Aber ein leichter Druck am linken Arm signalisierte mir, dass ich mir keine Sorgen zu machen brauchte.

Ich spürte, wie ein neuer Lichtstrahl aus meinem Geistkörper entwich, ich atmete ruhig und konzentriert weiter, und erhielt dann die Erlaubnis, meine Augen zu öffnen. Vor mir stand eine blond gelockte Frau mittleren Alters, von eher kleiner und zarter Statur, doch mit einem fest entschlossenen Blick in den strahlenden blauen Augen. Sie trug ein langes tintenblaues Kleid, das in der Taille geschnürt war und nach unten weiter wurde. Die Ärmel waren bis zu den Ellbogen aufgebauscht und wurden an den Handgelenken wieder schmaler, wo sie in weißen Spitzen endeten. Am Hals war ein runder weißer Kragen zu sehen, der mich an den sog. Mühlsteinkragen des sog. Lübecker Ornats erinnerte, wie ihn die Pastoren und Bischöfe heute noch in der Nordkirche tragen.

Sei tausendmal gegrüßt, liebe geistige Schwester, wie wundervoll, dass wir uns hier in diesem Turmzimmer begegnen dürfen! Ach, wie oft habe ich mich zu meinen irdischen Lebzeiten danach gesehnt, als Weibsbild die Möglichkeiten zu haben, die dir in deiner Zeit offenstehen, ja, wie habe ich geradezu gekämpft, mir meine beschränkten Freiheiten zu bewahren, und wo es ging, sie auszubauen. Es ist so wundervoll, dass du und andere, all das, wofür ich, mit Wort, Schrift und der Feder gekämpft habe, erreichen und sogar vollenden konnten.

-Bist du es wirklich, liebe Anna Elisabeth, oder sollte ich besser sagen, Nette? Die eindrucksvolle Gestalt kam näher und nahm in einem der beiden Sessel neben mir Platz und lächelte. *Oh ja, ich bin es, vielmehr, mein Geist ist's, und*

gewiss hast du inzwischen schon viele Erfahrungen mit Seelengeistern gemacht! Und du hast nicht umsonst den Drang verspürt, einiges aus meinem Opus und über mich zu lesen, um dir deine eigenen Gedanken zu machen. Auch hast du viele Bilder vor deinem inneren Auge auftauchen sehen, Erinnerungen an mich und dieses Leben. Und du weißt, wie zeitbedingt alles ist, das Leben einerseits, die Erforschung in späterer Zeit andererseits. Nur eine verwandte Seele wird es je ganz verstehen und wissen, dass wir als Menschen alle fehlbar sind, nein ich gebrauche nicht mehr das Wort „sündig", zu sehr ist es belastet und falsch verstanden worden, auch von mir als sterblicher Mensch.

All meinen Schmerz, meine Freude, meine Liebe und meine Hoffnungen, aber auch alle ungelösten Fragen, Sorgen und Ängste habe ich zu Papier gebracht, oh, so Vieles würde ich heute, könnte ich es noch ändern, niemals mehr schreiben. Doch ich weiß, dass es zu meinen Lebzeiten anders war, dass ich nicht zu sehen vermochte, wie groß, wundervoll und voller Licht und Liebe die göttliche Sphäre ist, und worin unser Werk auf Erden besteht. *Zu sehr war ich doch Kind meiner Zeit mit all den gesellschaftlichen und religiösen Prägungen, obgleich ich nichts mehr verabscheute als Intoleranz und konfessionelle Engstirnigkeit, ja, die Konvertiten verachtete ich am allermeisten, denn sie hatten nicht verstanden, dass sie nur die Fraktion wechselten, aber dadurch niemals die wahre Liebe außerhalb aller menschlichen Einrichtungen zu finden vermochten.*

Auch ich wurde von Menschen getäuscht, verraten, mein Vertrauen und meine Gefühle wurden missbraucht, ich habe mich verliebt und von der irdischen Verblendung irreführen lassen, aber ja, wie ich nun weiß, war es alles gut, damit das Seelenselbst wachsen und dadurch reifen konnte.

Gütig und liebevoll schaute sie zu mir hinüber, lächelte und fuhr fort: *Ach, der Zwiespalt zwischen Religion und Wissenschaft, Fortschritt und Aufklärung, wie hat er mich verwirrt, wie wenig vermochte ich zu erkennen, dass es so viel mehr gibt als menschliches Wissen und Verstehen, dass doch alles nur seinem Plan folgt, der schon lange vorher festgelegt wurde. Und dazu* gehörte eben auch, als Frau, in einem weiblichen Körper all das zu erfahren und dem Seelenganzen zuzuführen. *Wie habe ich in meinem Turmgedicht gehadert, hätte ich nur noch mehr verstanden, wie sehr ich doch in meinem Innern Mann sein kann, unabhängig vom äußeren Geschlecht.*

Sie hielt inne und dann zitierte sie: *„…Wär ich ein Jäger auf freier Flur, Ein Stück nur von einem Soldaten, Wär ich ein Mann doch mindestens nur, So würde der Himmel mir raten; Nun muß ich sitzen so fein und klar, Gleich einem artigen Kinde, Und darf nur heimlich lösen mein Haar, Und lassen es flattern im Winde!"*

Ja, was du heute als inneren Ausgleich der Polaritäten kennst und verwirklichst, das vermochte ich zu meiner Zeit noch nicht zu erkennen. Aber mein Leben war eine wichtige Station für uns!

Nun denn, es wird Zeit zu gehen, und meine Botschaft für Dich ist auch ein Auftrag, denn du kennst das Rätsel um meine letzten Worte, die man in der Forschung zunächst mir zuschrieb, dann aber meiner Nichte Elisabeth. Du ahnst wohl, wie sie auf Elisabeth gekommen sind, und du weißt, dass ich sie aus irdischer Perspektive so nicht zu formulieren gewagt hätte. So stimmt denn beides, Elisabeth war in der Lage, meine geistige Botschaft zu empfangen und weiterzugeben, tue auch du dies noch einmal, denn jetzt kennst du die ihre wahre Geschichte.

Sie schaute zu mir herüber, und dann sprach sie mir die Worte direkt und sehr eindringlich zu:

Geliebte, wenn mein Geist geschieden,
So weint mir keine Träne nach;
Denn, wo ich weile, dort ist Frieden,
Dort leuchtet mir ein ew'ger Tag!

Wo aller Erdengram verschwunden,
Soll euer Bild mir nicht vergehn,
Und Linderung für eure Wunden,
Für euern Schmerz will ich erflehn.

Weht nächtlich seine Seraphsflügel
Der Friede übers Weltenreich,
So denkt nicht mehr an meinen Hügel,
Denn von den Sternen grüß ich euch!

Darum mein Botschaft: Mit diesem Wissen und dieser Erfahrung, liebe Schwester, braucht kein Mensch sich zu sorgen und auf Friedhöfen nach den Toten zu suchen, auch nicht des nachts in seinen traurigen Gedanken, wie auch ich einstens in so vielen trüben Stunden. Du siehst und weißt, wie lebendig wir sind, wie bewahrt und geführt wir weitergehen, verbunden in der ewigen Kraft der Liebe! Hab Dank, dass ich zu Dir gefunden habe und auch Du zu mir gefunden hast, hier im Turm, gesegnet mit Licht und Liebe! Leb wohl, bis wir uns wiedersehen!

-Hab aufrichtigen Dank, es war eine wunderbare und unvergessliche Begegnung, und nun weiß ich, dass aus deinen Worten auch dein Geist zu mir spricht, über diesen Augenblick hinaus, verbunden im Seelenselbst und der großen Familie aller Seelen.

Sie lächelte, und vor meinen Augen wurde ihre Gestalt immer lichter, und dann löste sie sich in einer Lichtwolke auf, die sich als Strahl den Weg zurück in meinen Geistkörper bahnte. Sanft glitt der Strahl wieder in mich hinein, ich fühlte mich erleichtert und unendlich dankbar.

DIE BIBLIOTHEK UND
DIE SECHSTE EINWEIHUNG

Es verging eine ganze Weile, zumindest für mein Empfinden, bis mich Jonathanael mit einem leichten Druck am linken Arm wieder aus der Versenkung herausholte: *Es wird Zeit, nun weiter voranzuschreiten, diesen Ort jetzt zu verlassen und als wunderbare Erinnerung zu bewahren!*

Noch einmal blickte ich mich in diesem Turmzimmer um, dann stand ich auf und machte einen Schritt auf die geschlossene Tür zu. Nun schaltete sich Christina ein: *Nicht so, auf unserem Weg gehen wir keine Strecke zweimal!*

Ich schaute mich im Raum um, konnte aber keine andere Tür entdecken. So trat ich an das Fenster mit dem phantastischen Seeblick, das sich in diesem Moment in eine große Flügeltür verwandelte. Beide Flügel öffneten sich, und ich spürte einen leichten Luftzug während ich hinaustrat. Tatsächlich stand ich auf einem kleinen Balkon, von dessen Seite eine Treppe hinunterführte. Ich stieg die Stufen herab, und dann befand ich mich auf dem Wehrgang über dem Burggarten, in dem ich mich zuvor aufgehalten hatte. Mein Blick ging nach links zum See, dann nach rechts zum Garten, und während ich geradeaus weiterlief, sah ich eine Überdachung des Ganges, unter die ich schließlich gelangte. Der Gang führte geradeaus weiter, inzwischen befand ich mitten in der Burg, und schließlich stand ich erneut vor einer verschlossenen hölzernen Tür.

Öffne die Tür und tritt ein, es ist alles vorbereitet! Ich dankte Christina für den Hinweis, drückte die eiserne Klinke herunter und öffnete die schwere Tür. Vor mir öffnete sich der Blick in eine wunderbare Bibliothek, unzählige Regale, Pulte und Tische waren zu sehen, an den Wänden erkannte ich Bilder, die Szenen aus meinem jetzigen Leben zeigten, viele kamen mir bekannt vor, andere hatte ich entweder so noch nie gesehen - oder waren sie einfach aus meiner Erinnerung verschwunden?

Willkommen in deiner Bibliothek! All diese Bände hier haben etwas mit dir und dieser Inkarnation zu tun, schau, das linke Regal enthält für jedes Lebensjahr einen Band, an dem du jeden Tag arbeitest, indem du ein Blatt beschreibst. Auf dem Pult davor liegt der aktuelle Jahrgang, der täglich um eine Seite erweitert wird! Und rechts siehst du ein Regal mit ganz vielen, zum Teil sehr alten Bänden: Es sind die vergangenen Inkarnationen. – Das sind unzählige Bücher und Folianten, haben wir, besser gesagt, hast du schon all das erlebt? Ja! Wie ich dir bereits gesagt habe, mehr als 1400! Nach dem Tod des Körpers werden die einzelnen Jahrgänge zu einem einzigen Band zusammengefasst, und wie du siehst, liegen einige Bände hier auf dem Tisch. Das sind die Leben und Inkarnationen, die wir bereits betrachtet haben.

Ich war tief beeindruckt und fragte, ob ich denn auch auf die anderen Bände Zugriff hätte. *Es ist so, dass immer nur das, was für dich relevant ist, dir auch zugänglich gemacht wird. Du könntest all die anderen Bände herausholen und öffnen, doch sie würden dann nur leere Blätter für dich enthalten!*

Christina führte mich zu einem Tisch und bat mich, auf einer Bank Platz zu nehmen. Dort sah ich zwei Bände liegen, der eine etwas dicker, größer und älter, der andere dünner und moderner anmutend. Ich spürte, dass Jonathanel sich dicht neben mir befand.

Wir werden uns jetzt zur Abwechslung einmal direkt mit den Bänden beschäftigen. Zuvor aber werden wir dich aber auf die nächsten Begegnungen gründlich vorbereiten. Dazu siehst du wieder einige Szenen aus deinem jetzigen Leben, die hierfür relevant sind.

Aus dem Tisch klappte ein großer Bildschirm hoch, der mich mit meinem ersten Hebräisch-Lehrbuch in der elterlichen Wohnung am Wohnzimmertisch sitzend zeigte. Das Buch hatte mir unser Pfarrer geschenkt als er in den Ruhestand trat. Fasziniert betrachtete ich mich, wie ich damals die Buchstaben anschaute, die mir einerseits fremd und unbekannt waren, aber andererseits merkwürdig nah und vertraut vorkamen.

Erinnerst du dich daran? – Und wie! Fast alle in der Familie waren der Meinung, dass ich das sowieso nicht lernen würde, nicht brauchte und lieber auf der Sparkasse bleiben sollte.

Auf dem Bildschirm folgte eine neue Szene, sie zeigte mich einige Jahre zuvor mit meinen Eltern bei einem Ausflug in Worms, wo wir im Museum Thorahrollen und verschiedene rituelle Gegenstände der jüdischen Religion anschauten. *Du warst fasziniert, auch sie kamen dir vertraut vor. Und damals hattest du besonders die filigranen Arbeiten an den Thorahfingern und am silbernen Schabbatgeschirr bewundert.*

Noch einmal erschien eine neue Szene vor mir, wieder war ich mit meinen Eltern unterwegs, diesmal in Büdingen im dortigen Heimatmuseum, inzwischen hatte ich schon die ersten Hebräischlektionen im Unterricht gehabt. *Jetzt konntest du schon einige der Texte lesen und deinen Eltern ein wenig erklären, worum es sich handelt. Du warst glücklich, deine Mutter war zufrieden, und dein Vater war auch ein wenig stolz auf dich!*

In diesem Moment tauchte ein neues Bild auf, diesmal eine Szene aus dem Hebräisch-Unterricht: Nachdem ich mit drei Mitkollegiaten den Unterricht begonnen und alle drei dann wieder aufgehört hatten, blieb ich alleine übrig. Es war ein großer Luxus, Einzelunterricht von meinem Tutor und Religionslehrer zu erhalten. Das war anstrengend, aber ich habe dadurch auch sehr intensiv Hebräisch lernen und direkt an der Schule die Hebraicumsprüfung ablegen können.

Ihr lest gerade jiddische Texte, und du bist so schnell, dass sein Material nicht ausreicht. Das ist ihm in all seinen Jahren noch nie passiert! – Es hatte aber auch ganz großen Spaß gemacht - und ich war kaum zu bremsen. Ein großartiger Unterricht bei einem großartigen Lehrer, dem ich zu großem Dank verpflichtet bin!

Du weißt ja, dass auch das kein Zufall war, und dass eure Verbindung auch über seinen Tod hinaus weiter besteht! Denk an die Träume! - Oh ja, die Begegnung mit dem Gespräch über die Ewige Weisheit.

Der Bildschirm klappte wieder ein, und ich saß am Tisch und schaute auf die beiden Bände. Christina meldete sich in diesem Augenblick: *Ja, es gab schon viele Inkarnationen, in denen wir als jüdische Menschen gelebt haben, überall in der Welt, in ganz unterschiedlichen Epochen. Und diese Erinnerungen sind in dir präsent, und sie tauchten durch deine Faszination für die Schrift, die synagogale Musik, die Gegenstände und die vielen Bücher, die du über das Judentum gelesen hast, wieder auf. Nicht zu vergesse, sind deine besondere Freundschaft zum Rabbi und seinen Unterricht an der Universität, und die freundschaftliche Beziehung zu deiner früheren Englischlehrerin. All das hat dich nachhaltig geprägt, und jetzt bist du bereit für die erste Begegnung!*

Wie von Zauberhand öffnete sich der ältere Band auf dem Tisch, und er wurde vor meinen Augen zu einem bewegten Bilderbuch. Ich betrachtete verschiedene Szenen aus dem Leben einer adeligen Frau, die in der Zeit des Dreißigjährigen Krieges heranwuchs, deren gesamtes Dasein durch die Kriegswirren und später durch die Entwicklungen nach dem Westfälischen Frieden geprägt war, und dann befand ich mich auf wundersame Weise plötzlich selbst mitten im Geschehen. Ich begleitete das Leben einer Prinzessin, die eine für die damalige Zeit besonders hohe Bildung besaß, und ein sehr großes Interesse für die hebräische Schrift und die Lehren der Kabbalah zeigte, die ihr durch bedeutende Theologen und Lehrer ihrer Zeit vermittelt wurden.

Wir brauchen dir gewiss nicht zu sagen, mit wessen Leben du dich gerade intensiv beschäftigen darfst. Jonathanael holte mich mit diesen Gedanken zurück an den Tisch in der Bibliothek, und ich schaute wieder auf den aufgeschlagenen Band. *-Oh nein, ich weiß ganz genau, dass ich gerade Antonia von Württemberg begleiten, ihre Ideen, Gedanken und Interessen erspüren und somit die Initiatorin der Teinacher Lehrtafel als geistige Seelenschwester kennenlernen durfte.*

Wie vom unsichtbarer Hand gelenkt, erhob sich der Band vom Tisch und stand aufgeschlagen vor mir. Antonia entstieg einer Szene und dann stand sie in geistiger Gestalt vor mir, in genau dem grünen Kleid, das die Seelengestalt der Lehrtafel trägt, in der rechten Hand das flammende Herz, in der Linken den Anker mit dem Kreuz haltend.

Sei gegrüßt, werte Schwester, wie schön, dass du meine Botschaft nach so vielen Jahrhunderten erhalten und verstanden hast. Ja, ich war so vertieft in die Lehren der Kabbalah und der hebräischen Geheimwissenschaften, dass es zu einem Lebenswerk wurde. Du weißt sehr wohl, dass auch ich ein Kind meiner Zeit und der religiösen Ansichten war, trotz aller Freiheiten, die ich mir erwerben konnte. Ich durfte wegen meines Geschlechts und meines Standes wegen mich nicht offiziell mit der höheren Theologie befassen, vermochte mir aber durchaus mit viel Hilfe der gelehrten Freunde ein Wissen anzueignen, das mir zeigte, dass nur das Zusammenspiel aller in allem zum ewigen Ziel führt, dass die christliche Lehre unvollständig bleibt, wenn sie nicht mit der kabbalisti-

schen Tradition und dem Geheimnis der hebräi-
schen Zahlen und Buchstaben verbunden wird.
Du hast nun neue Möglichkeiten und Zugänge,
die mir verschlossen blieben, und auch du bist
genau an diesem Punkt in deinem Streben, Ler-
nen und Forschen angelangt, dies alles zu erken-
nen. Darum meine Botschaft: Trage das Licht und
das Geheimnis weiter hinaus, führe fort, was mir
zu beginnen erlaubt und möglich war, erkenne
das große Geheimnis der heiligen Lehre und ihrer
Buchstaben und Zahlen. Meine Tafel ist der
Schlüssel dazu.

Antonia lachte und strahlte eine unendliche
Freude aus, während ihre geistige Gestalt ins
Lebensbuch zurückkehrte, das sich nun vor
meinen Augen schloss und, wie zuvor, vor
mir auf dem Tisch lag.

Du brauchst nicht zu rätseln, Antonia und Paul
waren zeitgleich inkarniert, ihre irdischen Le-
bensdaten liegen fast parallel, und beide Erfah-
rungen waren zu dieser Zeit wichtig und genau
so gewollt. Christina hatte wieder einmal meine Gedanken aufgegriffen und für Klärung

110

gesorgt. Nun meldete sich Jonathanael: *Jetzt weißt du, weshalb dich schon immer eine Begeisterung für die hebräischen Buchstaben begleitet hat, aber jetzt wirst du noch eine andere Inkarnation kennenlernen, die dich direkt in ein besonderes jüdisches Leben hineinführen wird. Und damit du es gleich weißt: Diese Inkarnation liegt zeitlich am dichtesten an deiner jetzigen, und sie wird die letzte sein, die wir hier gemeinsam betrachten werden.*

Der dünnere und modernere Band öffnete sich, und auch er wurde wieder zu einem lebendigen Bilderbuch. Sofort zog es mich hinein, ich fand mich im Berlin des frühen 20. Jahrhunderts wieder, erlebte alles als kleines Mädchen in einem typischen Arbeiterviertel und hörte, dass man Jiddisch miteinander sprach.

Ich erkannte eine streng nach orthodoxen Riten und Geboten lebende Familie, Vater, Mutter, der Bruder und das Mädchen, das ich nun begleitete, Regina. Ich erlebte Reginas großen und tiefsten Wunsch mit, während ich sie durch verschiedene Szenen und Lebensstationen als junges Mädchen, Schülerin, Studentin und Lehrerin begleitete: Rabbinerin werden.

Gegen alle Widerstände und Vorurteile schaffte sie es, Deutschlands erste ordinierte Rabbinerin zu werden, doch ihr begegnete auch viel Ablehnung. Viele Kommentare waren verletzend und taten in der Seele weh, ich konnte es regelrecht mitfühlen. Daneben gab es auch Lob, Unterstützung, Anerkennung und Bestätigung, dass sie ihre Berufung aktiv leben und ausführen will.

Doch dann erlebte ich mit ihr auch das Grauen der Naziherrschaft im damaligen Berlin, Regina muss einen Stern tragen, Zwangsarbeit leisten, sie kümmert sich aufopferungsvoll um ihre Mutter, die sie nicht verlassen will, und schließlich werden beide deportiert, zuerst nach Theresienstadt, dann nach Auschwitz. Die letzten Bilder, die ich miterlebe, führen in die Gaskammer von Birkenau.

Jonathanael holte mich zurück an den Tisch, heraus aus diesem Miterleben. *Du hast damals, als du nach dem Abitur in Auschwitz warst, ein beklemmendes Gefühl der Vertrautheit mit diesem Ort verspürt, jetzt weißt du, weshalb. Und du hast jetzt einige Parallelen zu deinem Berufswunsch in diesem Leben entdeckt, auch du musstest dich mit Vorurteilen und Widerständen auseinandersetzen, auch du hast dein Ziel erreichen können. Viele Erlebnisse Reginas waren dafür eine gute Vorbereitung.*

Erneut erhob sich der Lebensband und stellte sich auf. Eine Frau mit schwarzem Talar und Barett entstieg der aufgeschlagenen Szene und stand nun vor mir. Ich fühlte eine ganz enge Verbundenheit, mehr als zu allen anderen zuvor, und schaute gebannt auf den Geist Reginas.

Schalom, meine liebe Schwester, wie schön, dass wir uns hier begegnen dürfen, wie wundervoll, dass all das, wofür ich gelebt und gekämpft habe, nicht verlorengegangen ist. Und wie gut, dass ich ohne Hass und Verachtung gehen konnte, und zuvor noch so vielen Menschen mit meinen Ansprachen in den Lagern Mut machen durfte. Nein, das Sterben und Hinübergehen war leicht, eine allzu bekannte Erfahrung nach all den vielen Inkarnationen.

Doch eines blieb mir noch verborgen, nämlich die Erkenntnis, dass alle Religionen letztlich nur äußere Masken sind, die den wahren Kern der göttlichen Liebe verbergen; wie schlimm, wenn Menschen einander wegen der Religion töten und verfolgen. Die Religion ist das Geländer, das die erweckte Seele irgendwann loslassen muss, um ihren spirituellen Weg in Licht, Liebe und Freiheit gehen zu können.

Du bist in meine Fußstapfen getreten, auch wenn du jetzt als christliche Pfarrerin lebst und wirkst, wie fortschrittlich waren wir doch im Judentum der 1930er-Jahre, als von Pfarrerinnen noch keine Rede sein konnte. Geh zielstrebig deinen Weg weiter, im Bewusstsein, dass die Liebe immer größer ist als alle menschlichen Regeln und Vorschriften. Und meine Botschaft für dich: Behalte deine Liebe für die geheimen und verborgenen Seiten des Re-

ligiösen, jenseits von Dogmen und menschlichen Lehren, die einen religiösen Anstrich tragen und nur der Macht und dem Ansehen dienen.

Regina lächelte mir noch einmal zu und verschwand wieder in ihrem Lebensband, der sich schloss und auf dem Tisch vor mir zum Liegen kam. Jonathanael machte seine Präsenz durch einen leichten Druck am linken Arm deutlich und bat mich, die beiden Bände in das dafür vorgesehene Regal zurückzustellen.

Dies war die letzte Station, jetzt wird dich dein Weg zum Garten zurückführen, aber zuvor benötigst du eine Zeit der Einsamkeit zur Reflexion und Selbstprüfung. Wir werden immer an deiner Seite sein, doch alle Entscheidungen auf diesem Weg musst du nun selbst treffen.

In diesem Moment meldete sich Christina: *Du kennst gewiss den Begriff der „dunklen Nacht der Seele", sie steht auch dir jetzt bevor. Sei bereit, habe Mut und Vertrauen in die unsichtbare Führung und Begleitung, damit dir dann am Ziel das Licht umso heller scheinen wird! Bei allem, was du nun tun wirst: Bedenke, dass der Weg durch ein Labyrinth immer vorwärts führt, niemals zurück. Und wisse auch, dass du dein Ziel und die Mitte immer im Blick hast, dass aber der Weg niemals direkt dorthin führen wird. Alle Lösungen und Antworten liegen in dir, nur du vermagst sie zu finden.*

In diesem Moment öffnete sich eine Falltür im steinernen Fußboden, und ich konnte eine Treppe erkennen, die in einen darunterliegenden Raum hinabführte. In diesem Moment spürte ich tiefe Wärme und Liebe in mir und um mich herum, alles fühlte sich in diesem Moment stimmig an. Und so ging ich die Treppe Stufe für Stufe hinab, und als ich unten angekommen war, schloss sich die Tür über mir und die Treppenstufen verschwanden. Vor mir nahm ich einen langen gemauerten Gang wahr, der nun zu meinem nächsten Weg werden sollte.

DURCH DAS LABYRINTH
ZUM TEMPEL DER SEELE

Während ich die erste Schritte auf dem Gang tat, rief ich mir all das in Erinnerung, was ich über ein Labyrinth wusste, auch den Unterschied zu einem Irrgarten: Ein Labyrinth bezeichnet im ursprünglichen Sinn einen verschlungenen und verzweigungsfreien Weg, dessen Linienführung unter ständigem und regelmäßigem Wechsel der Richtung zum Mittelpunkt als dessen Ziel führt. Das berühmteste Beispiel dafür dürfte immer noch das Fußbodenlabyrinth in der Kathedrale von Chartres sein.

Und ein Irrgarten? Dieser wird durch ein System sich verzweigender Wege gebildet, die auch Sackgassen oder geschlossene Schleifen enthalten können. Wie der Name schon verrät, ist ein Verirren möglich - und oft sogar Sinn einer solchen Anlage.

Nach all dem, was ich erfahren hatte, war also kein Irrgarten, sondern ein echtes Labyrinth zu erwarten, und ich war sehr gespannt, welche Prüfungen mir nun bevorstanden. Nach einer Weile führte der Weg um eine erste Kurve, dann um eine zweite, bis er wieder geradeaus weiterverlief. Ich vernahm leise Musik, spürte einen sanften Wind, und Jonathanaels Präsenz war ebenso am linken Arm zu fühlen.

In diesem Moment erblickte ich vor mir eine Tür mit einer Aufschrift. Als ich nah genug herangekommen war, konnte ich diese genauer erkennen:

RAUM DER TOLERANZ

Ich las diese Worte laut vor, eigentlich eher zufällig als beabsichtigt, als sich die Tür öffnete. Ich fühlte einen leichten Windhauch am linken Arm, den ich als Aufforderung betrachtete, den Raum zu betreten. Nachdem ich hineingegangen war, schloss sich die Tür hinter mir, und vor mir erblickte ich eine große Wand, auf der ich Szenen aus meiner Konfirmandenzeit sah. Ich hatte zu dieser Zeit große Freude daran, meine katholische

Klassenkameradin über die „wahre Konfession" zu belehren, oft mehr im Spaß, aber wie mir nun deutlich wurde, dennoch ernst genug, um sie zu provozieren, sodass ich mir sogar einmal eine Backpfeife einhandelte, als wir ausgiebig über die Auslegung der Bergpredigt diskutierten.

Ich war beschämt, denn erst jetzt konnte ich nachempfinden, wie sie sich damals fühlte, und dann hörte ich ganz deutlich die Frage im Raum: *Was hast du daraus gelernt?* Ohne lange nachdenken zu müssen, kamen mir die Worte der Botschaft Pauls zu Bewusstsein: *Keine Religion auf Erden, kein Glaube allein besitzt die vollkommene Wahrheit, ja, wie die Geschichte noch immer zeigt, sie alle basieren auf Macht, Intrigen, Lügen und Irrtümern. Nur wer sich selbst und seinen Nächsten aufrichtig und ohne Bedingungen liebt, ist zur wahren Liebe Gottes fähig, und damit würdig, Gottes Kind zu heißen!*

Auf der Wand erschien nun eine Szene, die uns beide als Erwachsene zeigte, wie wir uns die Hand reichten, und uns dann plötzlich wieder in der Szene aus der Vergangenheit befanden, nur mit dem Unterschied, dass wir uns nun beide darüber einig waren, dass die Wahrheit mehr ist, als das, was wir hören, sehen, lesen und wahrnehmen können.

Die Wand löste sich auf, und vor mir lag wieder der Gang, dem ich nun weiter folgte, bis erneut zwei Kurven kamen, und ich die nächste Tür erreichte:

RAUM DES VERSTEHENS

Auch diese Aufschrift las ich laut vor, und öffnete damit die Tür. Erneut spürte ich die Aufforderung zum Eintreten. Nachdem ich diesen neuen Raum betreten hatte, wiederholte sich die Abfolge des ersten Raumes: Auf der Wand vor mir erblickte ich eine neue Szene aus meiner Jugend. Ich war bereits konfirmiert, und ich besaß die Vorstellung, die Kirchengemeinde und die Menschen, denen ich dort begegnete, böten einen Schutzraum und wären ein Ort von Harmonie und

Nächstenliebe. Aber ich lernte die Innenseite der schönen äußeren Fassade kennen: Intrigen unter den Pfarrern, unterstützt von Kirchenvorstandsmitgliedern, die ich eigentlich als Respektspersonen betrachtete, und Mitarbeiter, die bei all diesen Dingen ebenfalls munter mitmischten. Ich fühlte die Traurigkeit und die Wut von damals in mir aufsteigen, mein Weltbild von Geborgenheit und geistiger Heimat war komplett zerstört, und ich wandte mich damals enttäuscht ab. Wir wechselten als Familie die Kirchengemeinde, fanden in der Nachbargemeinde freundliche Aufnahme und friedlichere Bedingungen vor, aber der Schmerz saß tief, und das Erlebte beschäftigte mich noch lange. Dennoch war damals mit 15 Jahren meine Entscheidung, selbst Pfarrerin werden zu wollen, unumstößlich.

Wieder hörte ich eine Stimme im Raum: *Du warst damals noch sehr jung, aber du bist an dieser Erfahrung gereift. Vor allem wusstest du in späteren Situationen, dass es keine perfekte Heimat in den Kirchengemeinden und den leitenden*

Gremien gibt, dass überall Menschen mit eigenen Interessen und Ansprüchen da sind, die sich nicht anders verhalten als in nichtkirchlichen Bereichen. Ja, Arroganz und Narzissmus gehören auch dort zum Alltag! Was also hast du daraus gelernt?

Auf diese Frage konnte ich mit der Botschaft Friedrichs antworten: *Nur die Liebe und das Vertrauen in die spirituelle Führung bringen uns wirklich voran. Gehe deinen Weg mit all dem Wissen, das wir dir offenbaren können, konsequent weiter, verurteile nichts und niemanden und denke stets daran, dass kein Mensch perfekt ist und jeder der geistigen Unterstützung bedarf. Ein Segen, wenn ein Mensch diese wahrnehmen und annehmen kann, egal in welchem Körper!*

Vor mir erschien auf der Wand die Szene erneut, aber auch diesmal verändert: Ich spürte nicht mehr Traurigkeit, Wut und Schmerz, sondern Gelassenheit und Zuversicht, und es folgten Szenen aus späteren Lebensabschnitten, wo es mir bereits gelungen war, aus diesen ersten Erlebnissen zu lernen. Dann löste sich auch diese Wand auf und der Weg ging geradeaus weiter. Nach einer Weile stieg der Gang leicht nach oben an, und mehrere Windungen vermittelten mir den Eindruck, weiter an Höhe zu gewinnen. Die nächste Tür kam in Sicht, diesmal konnte ich zwei Begriffe lesen:

RAUM DES FÜHLENS UND ERKENNENS

Nachdem sich die Tür geöffnet hatte und ich eingetreten war, erblickte ich einen großen Spiegel vor mir, der allerdings kein Spiegelbild zeigte, da ich im Geistkörper auch keines besaß, sondern sich in eine Projektionsfläche verwandelte.

Vor mir sah ich die Abfolge mehrerer Szenen meines gesamten bisherigen Lebensweges, in denen ich mit Ignoranz, Gleichgültigkeit, Aufmerksamkeit und Zuwendung von verschiedenen Bezugspersonen meines Lebens mir gegenüber sowie auch mit meinem Verhalten anderen gegenüber konfrontiert wurde. Danach hörte ich erneut die Stimme im

Raum: *Ja, beides hast du kennengelernt und auch selbst praktiziert, Interesse und Anteilnahme einerseits, und Ablehnung und Desinteresse andererseits. Jetzt wirst du die Szenen noch einmal erleben, allerdings mit vertauschten Rollen, und dann wirst du gewiss die Antwort geben können, was du daraus gelernt hast, nachdem du jeweils die Gefühle beider Seiten erlebt hast!*

Ich erlebte ein wahres Wechselbad der Gefühle, das von Annahme und Akzeptanz über Angst, Verachtung und Missachtung bis zu Schmerz und Enttäuschung reichte, aber auch Wärme, Freude und Liebe bereithielt.

Nun, was kannst du aus alledem lernen? Ich antwortete fast direkt in die Frage hinein mit Beats Botschaft: *Unterschätze niemals die Kraft liebevoller Gedanken und selbst kleinster Gesten oder Worte!*

Die Spiegeloberfläche veränderte sich und neue Bilder tauchten darauf auf. Es waren Bilder von Abschieden, Aussegnungen und Beerdigungen, die ich aus der Hinterbliebenenperspektive selbst erlebt hatte, und solche, die ich in vielen Jahren als Pfarrerin begleitet hatte. Auch hier spielten die Gefühle und Empfindungen eine Rolle, aber ebenso die Perspektive, auf welcher Seite man sich befand.

Du richtest deine Aufmerksamkeit immer darauf, den Menschen all den Trost, den Mut und die Hoffnung zu schenken, wie du es selbst immer wieder erleben konntest. Nicht immer gelingt es dir, aber das muss nicht an dir liegen, sondern es ist auch oft der jeweiligen Situation der anderen geschuldet. Was aber ist für dich der Lerneffekt daraus?

Ich nahm mir einen Moment Zeit, dann tauchte Melindas Botschaft auf: *Es ist nicht wichtig, wie lange man lebt, sondern wie glücklich und zufrieden man ist, auch ohne großen materiellen Reichtum. Allein die Liebe untereinander zählt.*

Noch einmal veränderte sich der Spiegel, und ich erblickte darin ein großes Meer und viele bewegte Wellen. Die Stimme drang aus dem Meeresrauschen zu mit herüber: *Und welchen Schluss ziehst du nun aus diesen Bildern und den beiden Botschaften?*

Nun spürte ich, dass ich auf einer höheren Stufe angelangt war, denn es ging nicht mehr nur um die Reproduktion des Gehörten und der Erfahrungen, sondern auch um eine Transformation, und um die Beziehungen zu weiteren Botschaften. Gottfrieds Botschaft schien dies auszudrücken: *Bedenke stets, ob das, was du tust, aus Liebe und im göttlichen Licht, oder aus Eigensinn und Ruhmessucht geschieht. Denn auch zu deinen Zeiten gibt es viele Fallstricke und Verlockungen. Doch trage auch all die Erinnerungen mit dem Wissen, dass du jetzt besitzt, weiterhin lebendig in dir und wisse um die Verbindung zu uns auf der anderen Seite.*

Ich vernahm ein helles Flackern, dass Meer im Spiegel beruhigte sich etwas, aber ich hatte irgendwie noch nicht alles erfasst. Deshalb war ich nach kurzen Nachdenken sicher, dass Annas Botschaft der Schlüssel sein musste:

Glaube an dich und das, was dir als Begabung für deinen Auftrag mitgegeben ist, sei du selbst und setze dich auch gegen äußere Widerstände und Erwartungen anderer an dich durch, aber tue es immer mit Liebe und einem engen Vertrauen auf die himmlische Führung. Du weißt, und dazu ist eine Inkarnation immer wichtig, nur in einem Körper kannst du Fühlen, Liebe empfinden und Liebe an andere weitergeben. Denke, wenn es irgendwann einmal nicht so positiv aussieht, immer daran, dass es auch wieder aufwärts geht. Das, was du willst und das, was du dir wünschst, das wird sich auch erfüllen!

Nachdem ich alle diese Worte ausgesprochen hatte, teilte sich das Meer im Spiegel, die Wellen wichen zurück, ich konnte mitten durch das Trockene und den kompletten Spiegel hindurchtreten, und hatte abermals den Gang erreicht. Er führte wieder geradeaus, dann folgten mehrere Biegungen nach links und rechts, und ich gelangte weiter und merkte, dass es wieder nach oben ging, bis ich erneut vor einer großen Tür stand:

RAUM DES WISSENS

Als ich diese Worte laut ausgesprochen hatte, öffnete sich die Tür, so dass ich eintreten konnte. Der Raum schien völlig leer zu sein, die Oberflächen der Wände bewegten sich leicht, ja, sie schimmerten in ganz unterschiedlichen Farben, und nahmen für kurze Augenblicke auch Formen an, die dann wieder verschwanden.

Ich beobachtete eine Weile die Veränderungen, dann konnte ich gleichzeitig an allen Seiten, oben und unten, Lichtgestalten erkennen, die sich hin und her bewegten. Langsam gewann ich den Eindruck, dass dieser Raum mein Seeleninneres darstellen könnte, all die Farben und Formen, die Gestalten und Erscheinungen konnten vielleicht meine eigenen Gedanken und Imaginationen sein.

Du hast alles gut durchdacht und hervorragend kombiniert, aber es ist noch sehr viel mehr als nur das, was Gedanken und Imaginationen sind!

Einige der Lichtgestalten nahmen für kurze Augenblicke eine menschenähnliche Form an, da wurde mir bewusst, dass es sich bei all diesen Erscheinungen hier um die Geister der Verstorbenen handelte, die ich kannte, mit denen ich verbunden war, die ich ein Stück ihres Weges auf Erden begleiten durfte.

Ja, du hast es erfasst. Die ganze Zeit hast du bereits mit vielen Geistern der eigenen Vergangenheit kommuniziert, hier sind nun all die, mit denen du in dieser Inkarnationen verbunden warst, die in dir und deinen Gedanken weiter lebendig und präsent sind.

Natürlich, das war der Schlüssel, der zum Geheimnis dieses Raumes führt: Nicht nur die Annahme und Vorstellung, dass sie alle noch bei uns und ums herum sind, sondern das Wissen darum! So rief ich nun Nettes Botschaft aus: *Mit diesem Wissen und dieser Erfahrung, liebe Schwester, braucht kein Mensch sich zu sorgen und auf Friedhöfen nach den Toten zu suchen, auch nicht des nachts in seinen traurigen Gedanken, wie auch ich einstens in so vielen*

*trüben Stunden. Du siehst und weißt, wie leben-
dig wir sind, wie bewahrt und geführt wir weitergehen, verbunden in der ewigen Kraft der Liebe!*

In diesem Moment erstrahlte der ganze Raum in einem hellen Licht und löste sich langsam auf, sodass ich wieder auf dem Gang stand, wo der Weg weiter führte.

Während ich voranschritt, reflektierte ich die bisherigen Erfahrungen, und ich kombinierte daraus, dass es nun nach Toleranz, Verstehen, Fühlen und Erkennen, und dem Wissen, eigentlich nur noch einen letzten Raum geben dürfte, der alle diese einzelnen Komponenten in sich vereinen und den Höhepunkt dieses Weges bilden würde, und es konnte eigentlich nur einen Namen dafür geben: Weisheit.

Genau in diesem Moment hatte ich hinter einer Biegung des Ganges die Tür erreicht, und ich konnte in großen goldenen Buchstaben die Aufschrift erkennen, und, wie zuvor, laut lesen:

RAUM DER WEISHEIT

Als ich diesen Raum betrat, konnte ich leise Musik vernehmen, ich spürte eine ganz besondere Atmosphäre, und ich fand einen Sessel in dem ich Platz nahm. Eine ganze Weile ließ ich diesen Raum auf mich wirken, bis ich die Stimme deutlich vernahm:

Willkommen auf der letzten Station dieses Weges, willkommen im Raum der Weisheit! Hier geht es nicht mehr um das Wissen, das man sich erarbeitet hat, sondern um die Weisheit, die man aus allen Erfahrungen, Überzeugungen, Erkenntnissen und Begegnungen erlangt. Diese Weisheit ist nicht materiell und für keinen materiellen Schatz zu erwerben. Schaue nun zurück auf deinen bisherigen Weg, der vom Lernen und Wissen zur Weisheit führen soll.

Fast mein ganzes bisheriges Leben lief vor mir ab, die Szenen waren überall um mich herum, niemand bewertete und beurteilte sie, ich war Zuschauerin und Akteurin zugleich, und konnte wieder aus ganz unterschiedlichen Perspektiven die Szenen erleben und erspüren. Es ging vor allem um Erlebnisse, die mich und meine spirituelle Entwicklung beeinflussten, Begegnungen, Worte und Schlüsselsituationen. All die Bücher, die ich gelesen hatte, tauchten auf, erst jetzt konnte ich deren Wert und das darin erhaltene Wissen ermessen. Doch mir wurde immer bewusster, wie wenig das bloße Lesen und Studieren mich weiterbrachten, wie wichtig die persönlichen Erfahrungen und Erkenntnisse waren, die aber oft zuvor Gelesenes in ein neues Licht rückten.

Deine Begeisterung für das Hebräische und die Kabbalah waren ein wichtiger Schritt, all das Gelesene und Gehörte musste reflektiert und für dich persönlich angewendet werden. Darum die erste Frage: Was ist deine Aufgabe?

Ich dachte nur sehr kurz nach und war dann absolut sicher, dass Antonias Botschaft die gesuchte Antwort enthielt: *Trage das Licht und das Geheimnis weiter hinaus, führe fort, was mir zu beginnen erlaubt und möglich war, erkenne*

das große Geheimnis der heiligen Lehre und ihrer
Buchstaben und Zahlen.

Noch geschah nichts, denn natürlich musste
auch Reginas Botschaft jetzt an dieser Stelle
ihren Platz finden: *Behalte deine Liebe für die*
geheimen und verborgenen Seiten des Religiösen,
jenseits von Dogmen und menschlichen Lehren,
die einen religiösen Anstrich tragen und nur der
Macht und dem Ansehen dienen.

Die Atmosphäre im Raum veränderte sich, es
wurde alles transparenter, die Bilder und
Szenen aus meinem Leben traten in den Hintergrund, und lösten sich schließlich auf.

So bleibt die letzte Frage für dich auf diesem Weg:
Was ist das Wichtigste, was ein Mensch in einer
Inkarnation tun kann?

Ich versuchte, alles Erlebte der bisherigen
Reise zusammenzufassen, und auf einen
Punkt zu bringen, aber mir war in diesem
Augenblick bewusst, dass es keine lange Er-
klärung sein konnte, sondern vielleicht nur

ein einziges Wort, das alles zum Ausdruck bringt.

In diesem Moment kamen mir die Ausführungen Jesu in den Sinn, wie sie in verschiedenen Versionen in den Evangelien überliefert sind und Worte der Thorah aufgreifen, als er auf die Frage nach dem größten und höchsten Gebot antwortete: „Du sollst den Ewigen, deinen Gott, lieben aus deinem ganzen Herzen und mit deiner ganzen Seele und mit deiner ganzen Kraft und mit deinem ganzen Verstand und deinen Nächsten wie dich selbst."

Ich vernahm ein Flackern und spürte eine stärkere und lichtere Atmosphäre, aber es hing noch immer ein Schleier über mir und diesem Raum. Ich erinnerte mich an meinen Gedanken, den ich zuvor hatte, ja, es war nur ein einziges Wort: LIEBE! Und sobald ich es laut ausgesprochen und vor allem auch innerlich gefühlt hatte, da lichtete sich der Raum, der Schleier verschwand, und ich fand mich in der Mitte des Labyrinths sitzend wieder und hatte nun das gesamte Labyrinth mit allen Wegen und Stationen im Blick. Ich hatte das Ziel dieses Weges erreicht, spürte eine starke Wärme und eine sehr liebevolle Präsenz.

Wie durch einen unsichtbaren Sog angezogen bewegte ich mich geradewegs nach oben, gelangte durch Wasser hindurch, ohne nass zu werden, und befand mich dann in einen gemauerten Tunnel. Schließlich saß ich auf dem Rand des Brunnens im „himmlischen Garten".

Willkommen zurück im Seelengarten! Christina begrüßte mich voller Freude, und auch Jonathanael meldete sich: *Du hast diesen Weg durch das Seelenlabyrinth sicher beschritten und damit die ersten sechs Einweihungen erfolgreich abgeschlossen. Nach einer kurzen Ruhepause hier im Garten werden wir gemeinsam zum Tempel gehen, die sieben Stufen hinaufsteigen, und dort warten dann die Aufgaben der siebten Einweihung auf dich.*

DER TEMPEL UND
DIE SIEBTE EINWEIHUNG

Nach einem Moment der Ruhe, die ich im schattigen Garten genoss, fühlte ich mich bereit für die Aufgaben der siebten Einweihung. Jonathanael führte mich am Brunnen vorbei zum Fundament des Tempels, der auf einem erhöhten Platz lag, und zu dem sieben Stufen hinaufführten.

Jede Stufe steht für eines der sieben hermetischen Prinzipien, die dir gewiss alle wohlbekannt sein dürften! Und diese stehen auch mit den Aufgaben im Tempel in einem engen Zusammenhang. Wir werden zunächst Stufe für Stufe hinaufsteigen und dabei jeweils eines der Prinzipien benennen. Bist du bereit? -Ja, ich bin bereit!

Ich spürte den vertrauten Druck am linken Arm, als Zeichen, dass Jonathanael mich führt und begleitet. Und als ich die erste Stufe betrat, hörte ich die mir bereits aus dem Labyrinth vertraute Stimme, die ich als meine eigene identifiziert hatte: *Nenne mir das erste hermetische Prinzip! -Das Prinzip der Mentalität bzw. der Geistigkeit!* Die Stufe begann violett zu leuchten, und Jonathanael gab mir zu verstehen, dass ich die nächste Stufe betreten sollte. *Wie lautet das zweite hermetische Prinzip?* *-Das Prinzip der Analogie bzw. der Entsprechung!* Die Stufe leuchtete dunkelblau auf, und ich trat auf die nächste Stufe. *Und wie lautet das dritte Prinzip? -Das Prinzip der Schwingung!* Eine hellblaues Licht signalisierte Zustimmung, und es folgte die vierte Stufe. *Was ist das vierte Prinzip? -Das Prinzip der Polarität!*

Die Stufe wurde grün, und ich ging weiter nach oben. *Dann bitte das fünfte Prinzip! – Das Prinzip des Rhythmus!* Unter mir nahm ich eine gelbe Färbung der Stufe wahr, und betrat die vorletzte Stufe. *Wie nennen wir das sechste Prinzip? - Das Prinzip von Ursache und Wirkung!* Sofort sah ich die orangene Farbe, und mit einem Schritt nach oben erreichte ich die letzte Stufe am Eingang des Tempels. *Und zum Abschluss bitte den Namen des siebten Prinzips! – Das Prinzip der Geschlechtlichkeit!* Unmittelbar nach meiner Antwort war diese

Stufe in ein Rot gehüllt. Nun stand ich direkt vor dem mächtigen zweiflügeligen kupferfarbenen Eingangsportal des Tempels, das von zwei Säulen umrahmt war, und betrachtete die darauf befindlichen Symbole.

Gut gemacht! Betrachte in aller Ruhe das Portal, all diese Symbole haben für dich im Laufe dieser Inkarnation eine besondere Bedeutung erlangt. Jonathanael lud mich ein, alles ganz genau anzuschauen und zu benennen: Das ChiRho, Alpha und Omega, ein Kreuz, der EtzChajim, das Siegel Davids, ein Pentagramm, das OM-Zeichen. Dazu verschiedene Zahlen, Ornamente, Ranken und weitere Symbole wie Tiere, Früchte und Blumen.

Ja, sie alle sind wichtig, und sie sind bereits ein Hinweis auf Integration und Toleranz. Wie die Burgkapelle ein kleiner Tempel war, so ist dies hier nun das Hauptgebäude. Wir werden zunächst noch einmal die Bibliothek betreten, diesmal vom Haupteingang aus. Damit schließt sich der Kreis unserer Wanderung. Tritt nun ein!

Ich öffnete mühelos das schwere Portal, trat in den Vorraum ein, und ganz von allein schloss sich das Eingangstor wieder. Nun stand ich zum zweiten Mal in der Bibliothek, erblickte wieder die zahlreichen Regale, Pulte, Stühle und Tische. Jonathanael machte mich auf einen Vorhang an der hinteren Wand aufmerksam, den ich beim ersten Besuch nicht wahrgenommen hatte. Er war mit Palmen und Granatäpfeln bestickt, und glich bis ins kleinste Detail dem Vorhang auf der Tarotkarte der Hohepriesterin. Dann erblickte ich auch hier die beiden Säulen, die ebenfalls auf der Karte abgebildet sind, die schwarze mit einem stilisierten ‚B' und die graue mit einem stilisierten ‚J'. Boas und Jachin, diese Namen trugen einst die Säulen am Eingang des Salomonischen Tempels in Jerusalem.

-Ist das der Eingang in das Allerheiligste des Tempels? Ja, hier geht es in den Innenraum deines Tempels, in das Allerheiligste. Und du wirst gleich die Rolle der Hohepriesterin einnehmen. Doch zuvor musst du die entsprechenden Reini-

gungen durchführen und die dort bereitliegende Kleidung anlegen!

Obwohl alles geistig war, erschien es mir erstaunlich materiell, aber eben sehr viel feinstofflicher. Ich legte den schwarzen Talar, den ich noch immer trug, ab, erblickte eine Schüssel mit Wasser und mehrere Leinentücher und reinigte meinen feinstofflichen Geistkörper mit dem Wasser. Dann trocknete ich mich ab und legte eine bereitliegende frische weiße Robe aus allerbestem Leinen an, die mit einer Kordel um die Hüfte geschlossen wurde. Dazu fand ich bequeme Ledersandalen, die perfekt an meinen Füßen passten.

Die Pfarrerin hat ihre Aufgabe beendet, die Priesterin nimmt nun die Arbeit auf! Jonathanael brachte es auf den Punkt, jetzt hatte ich einen neuen Status, verbunden mit einen neuen Auftrag. Wie von unsichtbarer Hand bewegt, öffnete sich der Vorhang in der Mitte und ich ging hindurch. Ich trat in einen hell erleuchteten Gang aus gleichmäßigen weißen Steinen und sah nach wenigen Schritten ein kleines Portal, das sich öffnete, bevor ich es erreicht hatte.

Und dann stand ich im Innenraum meines Seelentempels, im Allerheiligsten, und schaute mich ehrfurchtsvoll um: Ein großer quadratischer Raum mit einer gläsernen Kuppel, durch die der Sternenhimmel zu sehen war. In der Mitte darunter befand sich ein quadratischer Altar, auf dem eine blaue Schale mit einem lodernden Feuer stand. Jede Seite dieses Quadrats war exakt einer Himmelsrichtung und einem Element zugeordnet, und durch entsprechende farbige Vorhänge gekennzeichnet: Gelb und Luft für den Osten, Rot und Feuer für den Süden, Blau und Wasser für den Westen, und Grün und Erde für den Norden. Hinter jedem Vorhang konnte ich zudem schemenhaft die Umrisse eines hölzernen Portals erkennen.

Vor den Vorhängen nahm ich feine Lichtgestalten wahr, die sich langsam verdichteten und schließlich als die Erzengel der vier

Himmelsrichtungen erkennbar wurden, weil sie die entsprechenden Attribute mit sich führten: Im Osten Raphael, im Süden Michael, im Westen Gabriel und im Norden Uriel.

In diesem Moment hörte ich die innere Aufforderung, die Erzengel zu begrüßen und ihnen für ihr Erscheinen zu danken. Voller Ehrfurcht begrüßte ich jeden Erzengel mit Namen, verneigte mich vor dem ihnen verliehenen Glanz und ihrem göttlichen Auftrag, dankte ihnen für ihr Erscheinen in diesem Tempel und wünschte ihnen den Segen des Ewigen und Allerhöchsten. Ich erkannte ein Flackern, und dann verschwanden die Erscheinungen wieder.

Wunderbar! Jetzt erspüre die heilige Atmosphäre dieses Raumes, lass dich anrühren von bedingungsloser Liebe und dem Licht der ewigen Weisheit. Den Blick nach Osten gerichtet stand ich mit weit ausgebreiteten Armen vor dem Altar mit dem Gefäß und der feurigen Flamme. Ich fühlte mich vollkommen geliebt und angenommen, Wärme und Liebe durchströmten mich, und ich bekam den Eindruck, mit ganz viel Energie aufgeladen zu werden. Ein eigentlich mit Worten nicht zu beschreibendes Gefühl der Dankbarkeit tauchte dabei in mir auf, und in diesem Moment begann ich, die Worte des 100 Psalms zu rezitieren:

Ein Psalm zum Bekenntnis des Dankes.
Weckt dem Ewigen Huldigung,
ihr alle auf Erden!
Dienet dem Ewigen mit Freude,
kommt vor sein Angesicht mit Heiterkeit.
Wisset und erkennet, dass der Ewige Gott ist,
Er hat uns geschaffen und sein sind wir,
sein Volk und die Schafe seiner Weide.
Gehet in seine Pforten ein mit Dank,
in seine Vorhöfe mit Lob,
danket ihm, segnet seinem Namen.
Denn gut ist der Ewige, ewig seine Liebe,
zu jeglichem Geschlecht reicht seine Treue.
Lobt Ihn! Hallelujah!

Voller neuer Kraft und Energie stand ich inmitten meines Seelentempels vor der symbolischen Flamme des ewigen göttlichen Lichts und spürte in mir bedingungslose Liebe und Wärme. In diesem Augenblick fühlte ich eine Hand auf meiner linken Schulter, und neben mir stand eine Gestalt, die ich zwar noch nie gesehen hatte, die mir aber absolut vertraut vorkam. Es war Jonathanael, den ich zum ersten Mal seit meinem Hiersein nicht nur spüren, sondern auch direkt sehen konnte.

Es ist nun an der Zeit, mit den Einweihungen zu beginnen! Ich werde dich als dein Seelenführer sichtbar begleiten, und ich kann jede Gestalt annehmen, die für dich angenehm und hilfreich ist!

Ich blickte auf eine große schlanke Gestalt, androgyn, mit langen braunen Locken und einem gütigen Blick. *-Du erinnerst mich in dieser Gestalt an den Verkündigungsengel in der Nürnberger Lorenzkirche!* Jonathanael nickte: *Ich hatte den Eindruck, dass du mit dieser Gestalt als Schutzengel viel verbindest. -Ja, und ich fühle mich mit diesem Begleiter jetzt sehr wohl!*

Dann lass uns beginnen! Schieße deine Augen und spüre noch einmal all die Wärme und Liebe der Flamme des Ewigen Lichtes! Wir werden uns jetzt mit den sieben Prinzipien der Hermetik als Stationen deiner Einweihung befassen, und dazu werden wir einen anderen Raum betreten. Bitte öffne jetzt deine Augen. Von der gläsernen Kuppel führte eine Wendeltreppe hinab, die vor uns endete. *Nun, an welches biblische Symbol erinnert dich dieser Anblick? -An Jakobs Traum von der Himmelsleiter in Bethel. So ist es! Lass uns nun hinaufgehen!*

PRNZIP EINS

Gemeinsam stiegen wir die Stufen dieser Himmelsleiter hinauf und erreichten einen Umgang in der Kuppel, von dem ein Gang abzweigte, der schließlich in einen Raum führte, der einer Sternwarte ähnelte. Von dort hatte man den direkten Blick in den nächtlichen Sternenhimmel, alle Planeten waren zu erkennen, dazu die Umlaufbahnen und alle Sternbilder. Es gab keinen irdischen Nachthimmel, der mit diesem zu vergleichen war.

Was empfindest du jetzt bei diesem Anblick?

*-Allertiefste Ehrfurcht vor dem unendlichen gött-
lichen Licht und aller Schöpfung im großen wei-
ten Universum! Und große Dankbarkeit, dies alles sehen zu dürfen!*

Bitte nenne nun das erste hermetische Prinzip!
-Das Prinzip der Mentalität bzw. der Geistigkeit.

Jonathanael wandte sich zur Kuppel und
wies auf den unendlich erscheinenden Sternenhimmel: *Ja, alles ist ursprünglich geistig,
alles Materielle ist geistigen Ursprungs, der Blick
in den Himmel, in die große Weite des Univer-
sums, lässt uns demütig und ehrfürchtig werden
vor der Größe und Schönheit der Ewigen Weisheit. Was moderne Technik und Wissenschaft neu
zu entdecken glauben, sind lediglich Wiederentde-
ckungen alten Wissens und verborgener Weisheit.
Und genau hierfür sind die hermetischen Gesetze
bzw. Prinzipien die Anleitung. Du wirst erkennen, dass sie sich immer wieder aufeinander beziehen, einander ergänzen und auslegen, und alles, was in der irdischen Welt geschieht, ist auf
diesen sieben Prinzipien aufgebaut.*

Jonathanael nahm einen großen, in feinstes Leder gebundenen Folianten in die Hand und reichte ihn mir: *So lies, was du hier aufgeschrieben findest!*

Ich begann zu lesen: „Das große All ist reiner Geist, und das ganze Universum ist geistig, hinter aller materiellen Schöpfung steht ein geistiger Schöpfer. So bringt dieses Prinzip zum Ausdruck, dass das Universum geistiger Natur ist, und es deutet deshalb darauf hin, dass alles im Universum einen geistigen Ursprung hat. Alles beruht auf geistiger Energie und ist durch energetische, feinstoffliche Abläufe bedingt. Die für die menschlichen Sinne wahrnehmbaren Formen des scheinbar materiellen Lebens sind daher lediglich Auswirkungen eines geistigen Ursprungs.

Dieses hermetische Gesetz widerlegt folglich die weit verbreitete, doch in Wahrheit völlig falsche menschliche Vorstellung, dass Leben und Bewusstsein durch eine Zusammenwirkung von Materie und physischen Prozessen entstanden ist. Das Prinzip der Geistigkeit ist der Grundstein, auf dem alle anderen aufbauen. Physische Realität ist immer nur der Spiegel eines inneren geistigen Zustands. Demnach befindet sich jeder im physischen Leben stets dort, wo er im Geiste ist."

Jetzt wird Dir sicher auch verständlicher, welche Macht die Gedanken haben. Sie sind stets geistigen Ursprungs, und werden durch Worte und Taten materialisiert. Denke an die vier Ebenen, die dir aus der kabbalistischen Tradition bekannt sind. – Ja, der stets sich wiederholende Prozess vom Gedanken und der Idee bis hin zur materiellen Manifestation.

Jonathanael hielt einen violetten Edelstein in seiner rechten Hand: *Dieser violette Stein ist das Symbol für die Erkenntnis des ersten Prinzips. Denke stets daran, wenn du in deinen Körper zurückgekehrt bist, er öffnet dir beim Auflegen alle Erinnerungen und alles Wissen hierüber.*

Er setzte ihn auf meinen Kopf, nahm das Buch zurück, sprach einen Segen über mir, und ich fühlte Wärme und Liebe, aber auch

Kraft und Energie durch meinen Geistkörper strömen. In diesem Moment wurde der Stein zu einem violetten Licht. Ich fühlte, wie mein Geistkörper mit Energie und Informationen aufgeladen wurde. Dann wiederholte ich in Worten alles, was mir im Inneren mitgeteilt worden war:

-Geist bedeutet immer Bewusstsein. Der Begriff „Universum" steht für das Weltall, die Bezeichnung das „große All" reicht noch weit darüber hinaus, denn damit ist wirklich alles, nämlich jegliche Form von Materie wie auch alles Nicht-Materielle gemeint. Ferner gehören auch Gedanken, Gefühle sowie alle existierenden Energien und Kräfte zum All.

Darum bringt die Aussage, dass das große All reiner Geist und das ganze Universum geistig ist, deutlich zur Sprache, dass alles reines Bewusstsein ist. Bewusstsein ist die Grundlage von allem, und darum sind unser Bewusstsein und unsere Gedanken die Schöpfer unserer Realität. Das, was allgemein Materie genannt wird, besteht aus Atomen, und zwischen Atomkern und Atomhülle befindet sich leerer Raum. *Dieser bildet das Atom, und alles, was als fest bezeichnet wird, ist in Wahrheit nichts Festes, sondern besteht zu mehr als 99 % aus leerem Raum. Daraus folgt auch, dass Materie in Energie und Energie in Materie umgewandelt werden können; Bewusstsein kann Materie beeinflussen und steuern.*

Alle großen Religionen beschreiben ein Universelle Bewusstsein als Ursache für alle materiellen Erscheinungen. Und je nach Ausrichtung trägt dieses Universelle Bewusstsein zwar unterschiedliche Namen, doch letztlich weisen alle auf das EINE und EWIGE hin.

Jonathanael nickte und lächelte mir zu, dann bat er mich, die Informationen zur Seele wiederzugeben. -*Ein inkarnierter Mensch verfügt nur über einen Teil der Seele, den göttlichen Funken oder Seelenfunken, der im Körper anwesend ist. Die Seele, von der das irdische Bewusstsein also nur ein kleiner Teil ist, ist etwas viel Größeres und Umfassenderes, als Menschen es sich mit ihrem begrenzten Bewusstsein vorstellen können. Die Seele existiert stets in der Dimension der*

Einheit, der menschliche Seelenfunke, als ein Teil der Seele, ist hingegen im irdischen Körper inkarniert, und er verlässt ihn nach dem Tod, um sich dann mit der Seele wieder zu vereinen.

Die menschliche Seele wiederum wurde von dem großen EINEN abgespalten, um außerhalb der Einheit Erfahrungen in der polaren Welt der Erde machen zu können, wofür ein Teil des Bewusstseins begrenzt werden musste. Darum haben die inkarnierten Menschen vergessen, wer sie eigentlich sind, weil sie sonst die Illusion der Getrenntheit, nämlich die Welt der Polarität auf der Erde mit all ihren Erfahrungen, nicht erleben könnten. Auf der Ebene des wachen Bewusstseins ist das Wissen, dass alles aus der Einheit kommt und Teil eines höheren Bewusstseins ist, vergessen.

Mein Seelenführer schaute mich an und bestätigte all diese Informationen: *Vieles davon hast du bereits verinnerlicht, selbst erfahren und erleben können. So besteht dein Auftrag nun darin, dieses Wissen, das für dich zur Weisheit geworden ist, an die Menschen weiterzugeben, sie zu lehren und ihnen davon zu erzählen. Aber wis-*

se auch, dass Viele in ihrer Entwicklung noch nicht so weit sind, dass sie dich nicht verstehen, vielleicht abweisen oder sogar lächerlich machen werden. Aber diejenigen, die es aufnehmen können, auch wenn es nur wenige sind, werden dadurch in ihrer eigenen Entwicklung voranschreiten, und ihnen dabei zu helfen, darin besteht ein Teil deines Auftrags! So lass uns nun das zweite Prinzip betrachten!

PRINZIP ZWEI

Jonathanael fragte zuerst wieder nach dem Prinzip, das ich ihm sogleich nannte: *-Das Prinzip der Analogie bzw. der Entsprechung.* Er nickte, reichte mir erneut das große Buch und bat mich, daraus vorzulesen:

„Das hermetische Prinzip der Entsprechung besagt, dass es stets eine Übereinstimmung der Ebenen von Sein und Wirken gibt. Daraus folgt, dass sich immer im Äußeren das Innere erkennen lässt, und umgekehrt, im Inneren das Äußere, so wie es ganz einfach formuliert ist: Wie oben, so unten. Im Großen existiert das Kleine, und andersherum, im Kleinen das Große. Wer in der Außenwelt etwas verändern will, ist demnach aufgerufen, zuerst sich selbst im Inneren zu wandeln.

Wer in Harmonie mit sich selbst ist, erlebt gleichermaßen eine harmonische Außenwelt, unabhängig, was sich sonst noch alles darin abspielt. Darum spiegeln sich auch die inneren Überzeugungen im Außen wider, was gleichzeitig die Erfahrungen im Außen zu Überzeugungen im Inneren werden lässt. Das bedeutet, dass derjenige, der innerlich ständig in Wut und Angst lebt, stets damit verbundene Situationen in sein Leben hinzieht. Wer hingegen den Frieden im Innen gefunden hat, der trägt diesen Frieden auch nach Außen und findet ihn dort. Das EINE zeigt sich für ihn dann auch im Außen, und wer es erkennt, der trägt es in sich.

Jede individuelle Bewusstsein ist zugleich Teil eines umfassenden kollektiven Gesamtbewusstseins. Jeder Mensch ist so gesehen nur ein kleiner Teil des Ganzen und dennoch auch das Ganze selbst. Daher besagt das Gesetz der Entsprechung, dass jeder damit resoniert, was er in sich trägt.

Schon immer war dieses Gesetz für die Eingeweihten eines der wichtigsten Hilfsmittel, wenn es darum ging, Hindernisse zu beseitigen und Liebe ins Leben zu ziehen."

Da sind wir wieder bei der Macht der Gedanken, bereits hier siehst du, wie sich die Prinzipien gegenseitig ergänzen und aufeinander beziehen. Aus deinem Alltag kennst du genügend Situationen und Menschen, wo du dieses Phänomen beobachten konntest. Ja, wer Liebe in sich trägt, der trifft auf Liebe, und wer Angst und Zorn in sich trägt, wird darauf treffen. Und noch etwas: Wer ständig negative Gedanken aussendet, um andere damit treffen zu wollen, wird sie in potenzierter Form zurückerhalten, das ist keine Strafe, sondern eben-

falls das Gesetz der Anziehung. Es ist vergleich-
bar mit einem Bumerang, den man auswirft, der
vielleicht lange unterwegs ist, und dann, wenn
man nicht mehr mit seiner Rückkehr rechnet,
trifft er einen unerwartet und mit voller Wucht.

Jonathanael hielt nun einen dunkelblauen
Edelstein in seiner rechten Hand: *Dieser dun-*
kelblaue Stein ist das Symbol für die Erkenntnis
des zweiten Prinzips. Denke stets daran, wenn du
in deinen Körper zurückgekehrt bist, er öffnet dir
beim Auflegen alle Erinnerungen und alles Wis-
sen hierüber.

Er legte ihn auf meine Stirn, genau zwischen
die Augen, nahm das Buch zurück, sprach
erneut einen Segen über mir, und wieder
fühlte ich einen Strom von Wärme, Liebe,
Kraft und Energie in meinem Geistkörper.
Dann wurde dieser Stein zu einem dunkelblauen Licht, und ich fühlte auch in diesem
Moment, wie mein Geistkörper mit weiterer
Energie und neuen Informationen aufgeladen
wurde. Jonathanael ließ mich erneut alles in
Worte fassen: -*Wie oben, so unten. Wie unten,*

so oben. Wie im Kleinen, so im Großen, wie innen, so außen. Wie im Makrokosmos, so im Mikrokosmos. Wie im Himmel, so auf Erden. Wie im Geist, so in der Materie. Durch die Beobachtung eines Systems lassen sich die Gesetzmäßigkeiten eines anderen daraus ableiten. Damit ist es möglich, verborgene Zusammenhänge zu entdecken, und vom Bekannten auf das Unbekannte zu schließen.

Wenn alle Schöpfung, alle Materie, aus Geist erschaffen wurde, so wie es das erste Prinzip uns lehrt, dann ist es logisch, dass es zwischen allen Ebenen Analogien gibt, denn sie entstammen alle der gleichen Quelle. Darum trägt jede Schöpfung die Qualitäten ihre Schöpfers in sich, und deshalb existieren Analogien über alle Ebenen hinweg in allen Erscheinungen.

So gesehen können wir uns alle Geschehnisse um uns herum, alle Erscheinungen in unserem Alltag, als Spiegel vorstellen, weil jeder innere Konflikt und jede Vorstellung sich in irgendeiner Form im Außen zeigen wird. Die Liebe, die jemand von anderen empfängt, fließt analog zu der Liebe, die er sich selbst gegenüber empfindet. Und weil so viele Menschen das Analogiegesetz nicht kennen oder verstehen, suchen sie die Liebe im Außen, anstatt zu erkennen, dass fehlende Liebe im Außen nur ein Spiegel der mangelnden Selbstliebe ist.

Umgekehrt lebt der in äußerer Fülle, der seine innere Fülle erkannt hat. Wer sich selbst lieben und annehmen kann, wird auch von außen Liebe und Anerkennung erfahren. Darum ist es durch das Analogiegesetz möglich, über die äußeren Umstände eines anderen Menschen auf seine inneren Zustände und das jeweilige Bewusstsein zu schließen.

Das bedeutet, dass alles, was im Außen begegnet, zum Inneren analog ist. Alle Geschehnisse und Situationen im Außen spiegeln das innere Wesen, die innere Gedankenwelt, das Bewusstsein. Durch Beobachtung der Geschehnisse um uns herum, können auch die noch nicht gelösten Konflikte erkennbar werden, die man mit sich herumträgt, *ohne es zuvor bewusst bemerkt zu haben. So können sich äußere Ordnung oder Unordnung analog zur Ordnung oder Unordnung in der Gedankenwelt zeigen. Wer gedanklich klar ist, wird diese analog in Form von Ordnung in seinem persönlichen Umfeld zeigen.*

Das gilt ebenso für Ablehnung und Akzeptanz, denn das, was man bei anderen nicht mag, ja gelegentlich sogar bekämpfen möchte, ist das, was man bei sich selbst nicht sehen und nicht akzeptieren will. Der Kampf im Außen, die Ablehnung von anderen, geschieht immer analog zum inneren Kampf und der inneren Ablehnung; wie innen, so außen.

Darum möge jeder in seine eigene Gedankenwelt eintauchen und damit beginnen, sich das, wonach er sich sehnt, selbst zu geben. Die Wirkung des Analogieprinzips wird dafür sorgen, dass dies, nach einer gewissen Zeit, auch im Außen erscheinen wird.

Nachdem ich alle Informationen ausgesprochen hatte, nickte Jonathanel zufrieden und legte seine rechte Hand auf meine Schulter. *Du siehst, wie alles mit allem verbunden ist und zusammenhängt. Darauf wird sich jetzt auch das dritte Prinzip beziehen. Wie lautet es? – Das Prinzip der Schwingung!*

PRINZIP DREI

Erneut reichte mir Jonathanael den Folianten zum Vorlesen: „Nichts ruht, denn alles bewegt sich, alles schwingt immerzu. Das Prinzip der Schwingung besagt, dass alles in Bewegung ist und niemals stillsteht, weil alles schwingt.

Darum ist nichts ist so konstant wie die Veränderung, und diese Tatsache wird auch durch die moderne Wissenschaft immer wieder bestätigt. Dieses hermetische Prinzip verdeutlicht ferner, dass die Unterschiede zwischen Materie, Gedanken, Energie und Geist vor allem auf den abweichenden messbaren Schwingungsfrequenzen beruhen. Daher handelt es sich bei den vermeintlich kleinsten Teilchen der Materie, wie Atomen und Elektronen, in Wirklichkeit um schwingende Energie. Demnach ist nichts wirklich fest, alles vibriert und schwingt.

Alles ist sich stets verändernde Energie, nämlich Bewusstsein. Folglich spielt es eine große Rolle, in welcher Schwingung sich ein Mensch gerade befindet, wenn es darum geht, das Leben zu gestalten. Jeder Gedanke, jedes Gefühl, jede Emotion und jede Handlung beinhalten eine ganz individuelle Schwingung, die mittel- und langfristig die Gesundheit, die persönlichen Lebensverhältnisse und auch die gesamten Lebensumstände formt.

Dabei steht eine hohe Schwingungsfrequenz generell mit aufbauenden und lebensfreundlichen Prozessen in Verbindung, weil Gleiches immer Gleiches anzieht, ebenso wie eine niedrige Frequenz mit zerstörenden und lebensfeindlichen Prozessen verbunden ist. Daher ist es wichtig, zuerst das zu sein, das zu denken, das zu fühlen und das zu tun, was man in seinem Leben haben möchte. Mit anderen Worten formuliert heißt das: Die eigene Schwingung stellt die Ursache für alle Wirkungen dar, die diese nach sich ziehen wird."

So ist es! Und deshalb wird jeder Seelenfunke nach dem Tod, wenn er den Körper verlassen hat, in der jenseitigen Welt die Sphäre anziehen und erreichen, die der gegenwärtigen Seelenverfassung entspricht. – Heißt das, dass finstere Gedanken und Gefühle im Sterbeprozess auch eine finstere Sphäre im Jenseits anziehen? Jonathanael nickte und sprach weiter: *Natürlich erwartet der Geistführer den Ankömmling, aber wenn sich auch das Seelenselbst noch in Dunkelheit und Verschleierung befindet, dann müssen wir sehr viel Geduld haben. Das Licht der Liebe ist immer da, aber nicht alle können oder wollen es sehen. Es ist stets auch eine Frage der seelischen Reife und des gesamten Fortschritts.*

Jonathanael hielt nun einen hellblauen Edelstein in seiner rechten Hand: *Dieser hellblaue*

*Stein ist das Symbol für die Erkenntnis des drit-
ten Prinzips. Denke stets daran, wenn du in deinen Körper zurückgekehrt bist, er öffnet dir beim
Auflegen alle Erinnerungen und alles Wissen
hierüber.*

Er legte ihn auf meinen Kehlkopf, nahm das
Buch zurück, sprach den Segen über mir, und
ich fühlte den Strom von Wärme, Liebe, Kraft
und Energie in meinen Geistkörper aufsteigen. Der Stein wurde zu einem hellblauen
Licht, und ich fühlte erneut, wie mein Geistkörper mit Energie und Informationen aufgeladen wurde. Jonathanael bat mich, das Aufgenommene wieder in Worte zu fassen:

*-Nichts ruht, alles ist ständig in Bewegung, alles
schwingt, alles beeinflusst anderes - und wird beeinflusst. Energie ist eine wirkende Kraft, die weder erzeugt noch vernichtet, sondern nur von einer Form in eine andere umgewandelt werden
kann. Jedwede Energie und alle Materie sind deshalb Schwingungen auf unterschiedlichen Fre-
quenzen. Darum ist alles stets in Bewegung, die
sich durch Veränderungen ausdrückt. Auch das*

Materielle verändert sich ständig, ebenso wie das Bewusstsein, die Gedanken, Gefühle und Erfahrungen. Leben bedeutet Veränderung, und daher ist es wichtig, loslassen zu können. Lasst alles in Liebe kommen, was kommen möchte. Und lasst alles in Liebe gehen, ohne es festhalten zu wollen, dann, wenn es gehen will.

Immer geht es darum, den Augenblick zu genießen, und zwar genau so, wie er ist. Ohne irgendetwas anders haben zu wollen, ohne irgendwelche Widerstände. Es gilt, einfach nur das anzunehmen, was gerade ist, und damit verbunden, die Wahrnehmung, wie sich der jeweilige Moment oder die Situation gerade anfühlt. Wisst darum, dass jeder Augenblick eines Lebens ganz einzigartig ist. Und auch wenn sich Vieles täglich wiederholt und zur Routine geworden scheint, jedes Mal gibt es doch auch kleine Unterschiede. Das liegt darin begründet, dass der Mensch situativ immer auch anders denkt, fühlt oder empfindet.

Ebenso kann auch die Atmosphäre verändert sein, wärmer, kühler, heller, dunkler. Nicht zuletzt verändern auch Stimmungen die Atmosphäre, sowohl die eigenen als auch die des Gegenübers. Niemals ist darum eine Situation des Lebens exakt die gleiche wie eine vorangegangene, denn jede Sekunde eines Lebens ist einmalig.

Alles, was existiert, besitzt eine ganz bestimmte Schwingung beziehungsweise Frequenz. Und die Schwingung eines jeden Bewusstseins hängt vom Grad seiner jeweiligen Entwicklung ab, weshalb auch Gefühle eine ganz bestimmte Schwingung haben.

Daher befinden sich Liebe, Dankbarkeit und Freude auf einem extrem hohen Schwingungsniveau, während Hass, Angst und Neid sehr niedrig schwingen. Höhere Schwingungsfrequenzen fühlen sich auch angenehmer an als niedere. An der Ausstrahlung eines Menschen, dessen Bewusstsein hoch schwingt, werden Zufriedenheit, Gelassenheit und Freude auch nach außen strahlen.

Mittels seines Bewusstseins kann der Mensch den Grad der Schwingungen beeinflussen, was auf der Ebene von Gedanken und Gefühlen leicht erkennbar ist. Mit Gedanken wird man Gefühle erschaffen, wie umgekehrt die Gefühle das Denken und die Entscheidungen beeinflussen. Beides ist wechselseitig aufeinander bezogen, und wer sich seiner Gedanken bewusst wird und diese gezielt wählt, kann freudige Stimmung anziehen und traurige oder niederdrückende abwenden.

Der augenblickliche Zustand der Gefühle ist darum niemals ein Zufall, sondern die Folge der vorangegangenen Gedanken, die durch bewusste Schulung und Beobachtung immer verändert werden können. Darum hängen alle äußeren Faktoren von der inneren Verfassung ab, jeder entscheidet selbst durch seine Schwingung darüber, ob er glücklich und zufrieden ist, oder unglücklich oder gar verzweifelt. Die Art und Weise wie jemand die Umstände des Lebens bewertet, welche Bedeutung er ihnen gibt und welche Aufmerksamkeit er ihnen schenkt, wird darüber entscheiden, wie er fühlt, denkt und handelt.

Das ist auch der Grund, auf Urteile und Bewertungen zu verzichten, denn diese verändern die eigene Schwingung. Das Ziel ist, in einen ausge-

glichenen Zustand zu gelangen und dort zu verweilen, um äußere Geschehnisse einfach neutral anschauen zu können. Denn nur wenn dies gelingt, kann Frieden im Inneren entstehen. Und erst, wenn dieser dort entstanden ist, wird sich Frieden auch in der äußeren Welt ausbreiten.

Hier greift erneut das Gesetz der Analogie, denn das Verhältnis von Krieg und Frieden in der Welt entspricht genau dem Maß von Krieg und Frieden im Inneren, denn wie innen, so außen. Wahrer Friede auf und in der Welt ist nicht eher möglich, bevor die Menschen nicht selbst einen friedvollen Zustand in sich selbst entwickelt haben.

Mit diesem Gedanken beendete ich meine Wiedergabe, und Jonathanael schaute mich ernst an: *Genau das ist der Grund, dass es auf der Erde so aussieht, wie auch du es gerade erlebst: Gewalt erzeugt Hass, dieser erzeugt neuen Hass und Vergeltung, und die Spirale dreht sich immer weiter. Es liegt ganz offen auf der Hand, wie man mit einem einzigen Gedanken all das sofort beenden könnte, aber wie schon in vergangenen Zeiten brauchen die jungen Seelen diese Er-*

fahrungen, ohne sie zu verstehen, und die alten Seelen leiden darunter, dass sie miterleben müssen, dass andere es nicht begreifen, wie einfach Frieden und Liebe in der Welt ausgebereitet werden könnten. Und dennoch sähe es noch viel schlimmer aus, wenn es nicht die wenigen Erleuchteten gäbe, die durch ihr Dasein, ihre Gedanken und ihre hohen Schwingungen täglich an der Welt arbeiten.

Wir werden nun diesen Raum verlassen, wirf noch einmal einen Blick durch die Kuppel auf den wunderbaren Sternenhimmel über uns, und dann lass uns aufbrechen!

Gemeinsam verließen wir den Raum durch eine schmale Tür, und gelangten auf einen weiteren Gang, der zu einer großen Tür führte, die wie ein Herz geformt war und in roter Farbe leuchtete. Jonathanael sah mein Erstaunen, lächelte, und öffnete die Herzenstür, sodass wir beide nebeneinander eintreten konnten. Dann schloss er sie hinter uns und führte mich zu einem großen Sessel, der ebenfalls rot und herzförmig war. *Du kennst aus der Beschäftigung mit den Büchern, die Du bisher gelesen hast, bereits den wahren Sinn des Herzens! Das Herz ist eben nicht nur ein menschliches Organ, das den Körper und die anderen Organe mit Blut versorgt. Es ist der Sitz der Gefühle, und nur in Zusammenarbeit des Gehirns mit dem Herzen ist der Mensch fähig zu Mitgefühl, Liebe und entsprechendem Handeln.*

Die Wände dieses Raumes zeigten einerseits die organischen Funktionen eines Herzens, und andererseits, wie sich Gefühle auf die Herzfrequenzen auswirkten. Ich verstand sofort, dass hier das Gesetz der Schwingung sehr anschaulich dargestellt war.

Es ist dein Herz, es sind deine Gefühle, es ist dein Denken und Verstehen, denn du bist ja nicht vollständig entkörpert. Alles funktioniert einwandfrei wie du hier gut sehen kannst. Und deshalb werden wir uns nun dem vierten Prinzip zuwenden. Wie lautet es? -Das Prinzip der Polarität!

PRINZIP VIER

Auf der Wand vor uns erschien ein Text, den ich laut vorlas: „Das hermetische Prinzip der Polarität besagt, dass jedes Ganze, jede Einheit aus zwei gegensätzlichen Polen besteht, die einander ergänzen und ihrer Natur nach identisch sind. Darum sind alle Wahrheiten Halbwahrheiten, darum ist alles, und ist auch nicht – zu gleicher Zeit.

Hitze und Kälte scheinen auf den ersten Blick Gegensätze zu sein, aber in Wahrheit beschreiben sie lediglich einen Temperaturbereich, weil sie sich nur in den Graden unterscheiden. Und jeder wird ein ganz eigenes Gefühl haben, was für ihn warm und kalt ist. Ebenso ist es auch bei Licht und Dunkelheit: Wer könnte sagen, wo Dunkelheit endet und wo Licht beginnt? Ebenso ist es mit hart und weich, scharf und stumpf, groß und klein, leise und laut, hoch und niedrig, schwarz und weiß, positiv und negativ. Das Gleiche gilt auch für mentale Zustände, denn eigentlich beschreiben Liebe und Hass lediglich zwei Polaritäten des eines Gefühls, einen jeweiligen Grad auf einer Skala, weshalb es immer möglich ist, Schwingungen des Hasses in Schwingungen der Liebe umzuwandeln.

Deshalb kann es auf Erden niemals eine absolute Wahrheit geben, da alle „Wahrheiten", Meinungen und Sichtweisen immer nur einen Teil des Ganzen widerspiegeln und niemals absolut sind, weil sie stets auch das Gegenteil in sich beinhalten. Nichts ist daher festgelegt, alles ist relativ, und erst das eigene Denken eines jeden entscheidet darüber, wohin etwas zugeordnet wird."

Jonathanael nickte und drückte die Lehne des Sessels nach hinten, sodass ich bequem auf dem Rücken lag. Er setzte dann einen grünen Stein auf mein Herz, sprach den Segen über mir, und wieder fühlte ich Wärme, Liebe, Kraft und Energie in meinen Geistkörper aufsteigen. Der Stein wurde zu einem grünen Licht, und mein Geistkörper wurde mit Energie und Informationen aufgeladen. *So sprich aus, was du empfangen hast! -Alles auf Erden ist zweifach, alles ist polar, alles besitzt seine zwei Gegensätze, seine zwei Pole. Jede existierende Kraft kann sich in allen Abstufungen zwischen den beiden Extremen innerhalb der zwei gegensätzlichen Pole ausdrücken.*

Darum sind alle Gegensätze in ihrem Kern identisch, und sie unterscheiden sich lediglich im Grad ihres Ausdrucks. In derselben Weise wie jede Münze zwei Seiten besitzt, können alle scheinbaren Widersprüche miteinander in Einklang gebracht werden. Allerdings ist das nur möglich, wenn man in der Lage ist, die zugrunde liegende Kraft oder die Eigenschaft zu erkennen, die sich durch die zwei unterschiedlichen Pole ausdrückt.

Das gilt auch für die menschliche Seele, die aus der Einheit kommt: Auf der Seelenebene existiert der Zustand des All-Eins-Seins, der Einheit, der Verbundenheit mit allem, was existiert, ohne Raum und ohne Zeit, weshalb alles gleichzeitig geschieht. Dieser Zustand ist für das menschliche Bewusstsein, das sich an Zeit und Raum orien-

tiert, nicht vorstellbar. Jede Seele will reifen durch Erfahrungen, spüren, wie es ist, aus der Einheit herauszutreten und einen anderen Zustand kennenzulernen. Darum inkarniert ein Seelenanteil auf der Erde, um auf diese Weise ganz bestimmte Erfahrungen im Körper zu machen, auch um Beschränkungen und Grenzen kennenzulernen.

Als Mensch ist man nicht mehr nur Geist, sondern besitzt auch einen Körper, es ist eine Existenz aus Materie, in Form des Körpers, und aus Bewusstsein, als Geist. Dank des Körpers verfügt der Mensch deshalb über Sinne und Körperwahrnehmungen, die ihm Erfahrungen ermöglichen.

Das menschliche Bewusstsein ermöglicht es, das Leben auf der Erde zu erfahren, allerdings nur innerhalb von Gegensätzen. Denn es existiert keine Einheit, sondern es gibt Raum, Zeit und Polaritäten, wo alles einen Gegensatz bzw. ein Gegenteil besitzt. In der Welt der Polarität gehören auch unangenehme, schmerz- und leidvolle Erfahrungen zum Leben dazu. Denn das ist der Ausdruck der Polarität, dass es nicht nur Schönes, sondern auch Schreckliches gibt, neben Liebe und Toleranz gibt es auch Hass und Gewalt. Und dies alles ist beabsichtigt, denn es dient dazu zu erfahren, wie sich bestimmte Verhaltensweisen anfühlen, was sie verursachen, welche Folgen sie haben werden. Und all das dient dem Lernen, dem Fortschritt und der Reifung der Seele.

Auf der emotionalen Ebene befinden sich die beiden grundsätzlichsten Pole, Liebe und Angst, mit denen der Mensch im Alltag ständig konfrontiert wird, weil er entweder mit Liebe oder mit Angst zu reagieren vermag. Das Prinzip der Dualität zwingt dazu, sich laufend entscheiden zu müssen, und auch die Entscheidung, sich nicht zu entscheiden oder nicht zu handeln, ist eine Entscheidung. Jeder entscheidet darüber, wer er sein will, wie er reagiert, und er sammelt stets Erfahrungen damit.

Daher haben alle Polaritäten ihren Sinn, ihren Zweck und ihre Berechtigung. Wer den Pol einer bestimmten Eigenschaft oder Kraft negiert, sie verurteilt oder ablehnt, wird immer wieder so lange damit konfrontiert, bis er einsehen kann, dass beide Pole wichtig sind. Denn es ist unumgänglich anzuerkennen, dass jeder Pol in bestimmten Situationen seine Berechtigung hat, denn man kann beispielsweise den Wert des Frieden nur ermessen, wenn man auch den Krieg und dessen Auswirkungen kennengelernt hat. Und diese Erkenntnis ist gültig für alle Werte nach denen Menschen streben.

Eine nur einseitige und somit polare Sichtweise ist der Hauptgrund für Konflikte und Kriege auf der Erde. Dies gilt auch für Beziehungen und alle Formen von Auseinandersetzungen. Aufgrund einer polaren Sichtweise erkennt ein Mensch oft nur die eigene Wahrheit als die einzig richtige an und lässt andere Positionen, die ebenso berechtigt sind, nicht gelten. Diese Haltung führt wiederum zu Auseinandersetzungen und Konflikten.

Daher sind alle Wahrheiten, die Menschen propagieren, immer nur Halb-Wahrheiten, da es niemals eine absolute Wahrheit geben kann. Es gibt für alles einen Gegenpol, für jede Meinung eine Gegenmeinung, für jedes Argument ein Gegenargument. Und all das ist genauso richtig oder falsch, wie sein Gegenteil. Solange Menschen das *nicht verstehen, solange sie nur den eigenen Standpunkt für den einzig richtigen halten, solange produzieren sie Konflikte und Kriege, in ihrem Umfeld und auch in sich selbst.*

Somit erzeugt Polarität die Illusion einer Trennung, da Andersartigkeit als Fremdheit wahrgenommen und bekämpft wird, ebenso wie Neuerungen und Veränderung. Sobald man andere verurteilt, trennt man, isoliert sich von dem, was man verurteilt. Jedes Urteil über andere Menschen, Sichtweisen oder Nationen verstärkt die Illusion der Trennung zusätzlich. Und eigentlich entstammt alles der gleichen Quelle, der EINHEIT.

Doch in der Welt der Polarität ist der Mensch gezwungen, Entscheidungen zu fällen. Und jeder wählt einen anderen Weg, trifft andere Entscheidungen, kommt zu anderen Ergebnissen und Erkenntnissen. Dadurch entsteht die Fremdheit, die doch in Wirklichkeit nur eine andere Seite ist. Jede Seele möchte sich entwickeln und sich selbst in unterschiedlichen Aspekten erfahren. In der großen Einheit, wo alles grenzenlos und miteinander verbunden ist, ist dies nicht möglich. Daher ist eine Ebene außerhalb der Einheit nötig, in der die Seele scheinbar von der Einheit getrennt ist und sich innerhalb von Polaritäten erfahren kann. Darin liegt der tiefere Sinn der Polarität.

Wenn Menschen erkennen können, dass hinter allen Polaritäten die gleiche Kraft steht, die sich jeweils nur in unterschiedlichen Formen ausdrückt, dann ist auch in der polaren Welt die Erfahrung von Einheit möglich. Wer erkennen kann, dass alles, was existiert, der gleichen Quelle entspringt, erkennt auch, dass die Polarität in Wahrheit nur eine Illusion ist.

Damit endeten meine Ausführungen zum Polaritätsprinzip, und Jonathanael schaute mich an. *Jetzt kennst du die Antworten auf die großen Fragen der Menschen nach Krieg und Frieden! Es liegt an jedem Einzelnen, ob und wie das Zusammenleben funktioniert, im Kleinen wie im Großen! Und jetzt weißt du auch, weshalb du lange Diskussionen schon immer verabscheut hast. Du darfst dich jetzt wieder erheben!*

Ich stand auf und schaute mich im Herzraum um, der noch immer die Funktionen meines Herzens an den Wänden anschaulich machte. Jonathanael hob seine rechte Hand, und plötzlich veränderte sich dieser Raum zu einer großen Spirale. Ich erkannte sofort, dass es nun eine direkte Überleitung zum fünften Prinzip gab, nach dem mich Jonathanael auch umgehend fragte. *-Es ist das Prinzip des Rhythmus!*

PRINZIP FÜNF

Sehr richtig! So schaue nun nach vorn! Ich erkannte in dieser Spirale eine weitere Spirale, die den Text enthielt, den ich vorlas: „Das hermetische Prinzip des Rhythmus beschreibt, dass jede Aktion eine Reaktion nach sich zieht, denn alles im Universum folgt einem gewissen Rhythmus. Alles fließt hin- und her – weg von der Gewichtung eines Pols, hin zum anderen – und wieder zurück. Es ist ein steter Kreislauf, den das Leben selbst in sich trägt, wofür der Atem das beste Beispiel darstellt. Man atmet ein und man atmet aus, und am Ende dieses Zyklus beginnt ein neuer. Dasselbe gilt für Geburt und Tod. Nach einer hohen körperlichen oder geistigen Anstrengung bedarf es ausgiebiger Pausen, um neue Kraft zu sammeln, denn nach jedem Aufschwung folgt ein Abschwung. Und daher ist alles begrenzt und vergänglich.

Deshalb ist es völlig gleichgültig, in welcher Lebenssituation man sich befinden mag, egal ob es ein Hoch oder ein Tief ist, jeder darf ganz sicher sein, dass der gegenwärtige Zustand nicht so bleiben wird. Wer sich dieses Prinzips bewusst ist, wird wechselnde Situationen in seinem Leben akzeptieren und den Ablauf dahinter verstehen können. Und durch diese Bewusstwerdung kann man sich sogar dem emotionalen Einfluss entziehen, denn das Pendel schwingt zwar nach wie vor, doch der bewusste Mensch ist nicht mehr durch seine emotionale Reaktion daran gebunden.

Folglich spielt es auf emotionaler Ebene keine Rolle mehr, wo man sich gerade befindet, wenn man seine eigene Mitte gefunden hat, weil es dann gelingt, in jeder Lebenssituation die damit verbundenen wertvollen Aspekte zu genießen und den Kreislauf des Lebens in Frieden anzunehmen. Der Meister gebraucht das Prinzip anstatt von ihm gebraucht zu werden. Die Wirkungen können zwar nicht aufgehoben, jedoch bis zu einem gewissen Grad vermieden werden."

Ich schaute zu Jonathanael, der direkt neben mir stand, einen gelben Edelstein in seiner rechten Hand hielt und zu mir sagte: *Dieser gelbe Stein ist das Symbol für die Erkenntnis des fünften Prinzips. Denke stets daran, wenn du in deinen Körper zurückgekehrt bist, er öffnet dir beim Auflegen alle Erinnerungen und alles Wissen hierüber.*

Er drückte den Stein vorsichtig auf meinen Solarplexus, sprach den Segen, und ich fühlte wieder einen Strom von Wärme, Liebe, Kraft und Energie in meinen Geistkörper aufsteigen. Der Stein wurde zu einem gelben Licht, und ich spürte die Aufladung mit Energie und Informationen. Jonathanael ließ mich das Aufgenommene erneut in Worte fassen: -Alles fließt, ja, alles ist immer in Bewegung, und der Ausschlag des Pendels nach rechts ist das Maß für den Ausschlag nach links. Alles hat seine Zeiten, und der Rhythmus gleicht aus.

Zwischen zwei Polen erfolgen regelmäßige Bewegungen, es sind Phasen der Aktivität, die mit Phasen der Ruhe wechseln, und diese ergeben Harmonie. Wird aber eine Seite überbetont und gerät dadurch etwas aus dem natürlichen Rhythmus, dann werden sofort Kräfte wirksam, die das Gleichgewicht wieder herstellen. Je länger und intensiver man an einem Pol einseitig festhält, desto stärker wird die Reaktion der ausgleichenden Kräfte auf der anderen Seite sein.

Wer den natürlichen Rhythmus von Aktivität und Entspannung ins Ungleichgewicht bringt, den wird eine Krankheit zu einer Auszeit, zu Ruhe und Erholung zwingen. Anfänglich sind die Signale in Form von Krankheiten immer sanft.

Werden sie jedoch ignoriert, wird weiter an einem krankmachenden Verhalten festgehalten, dann werden die Signale heftiger. Darum ist es wichtig, auf den Körper zu achten, und dessen Signale wahrzunehmen, denn der Körper zeigt immer an, wenn etwas aus dem Gleichgewicht geraten ist.

Die Gesetze der Natur bestimmen den natürlichen Rhythmus, doch das Gesetz des Rhythmus bewertet nicht, es sorgt vielmehr für einen ganz bestimmten, natürlichen Ablauf. Und wenn dieser gestört wird, dann sorgt das Gesetz für den Ausgleich, um die Dinge wieder in einen harmonischen Zustand zu bringen.

Darum wehre sich niemand gegen das Auf und Ab des Lebens, denn kein Zustand ist auf Dauer zu halten. Alles entwickelt sich innerhalb von Pendelbewegungen, wenn nach einem Hoch ein Tief folgt, dann folgt nach einem Tief wieder ein Hoch. Es ist der Lauf der Dinge, dass alles, was irgendwann begonnen hat, auch wieder enden wird. Auch gegen Verlust möge man sich nicht wehren, denn erst ein Verlust oder ein weniger von etwas macht Gewinn oder Wachstum mög-

lich. *Je größer die Angst oder der Widerstand ge-*
genüber einem Verlust sind, umso stärker wird
die Gegenbewegung gebremst. Auch Krankheit,
Schmerz, Trennung oder das Ende einer Sache
sind Teil des Rhythmus, die einen neuen Anfang
erst möglich werden lassen.

Behaltet stets in eurem Bewusstsein, dass jede
Entwicklung in Pendelbewegungen erfolgt, dass
jedem Ende ein neuer Anfang innewohnt. Be-
denkt ebenso, dass erst der Verlust den Raum
schafft, damit etwas Neues kommen kann. Schaut
in die Natur, betrachtet den Lauf des Jahres, die
Jahreszeiten, den Wechsel von Frost und Hitze,
Sommer und Winter, Tag und Nacht. Immer
wechseln sie, immer beginnt ein neuer Zyklus, der
auf dem alten aufbaut, doch diesem niemals völlig
gleicht. Darum ist die Spirale das perfekte Symbol
für dieses Prinzip.

Ich war am Ende meiner Ausführungen angelangt, und Jonathanael schaute auf die
Umrisse der Spirale, in deren Mitte wir uns
noch immer befanden. *Ja, das Prinzip des*
Rhythmus schließt lückenlos an das Polaritäts-

prinzip an und erläutert dieses, ergänzt um den Aspekt des Pendels. Wir werden jetzt in den Tempelraum zurückkehren, dort werden wir uns gleich noch mit dem Prinzipien sechs und sieben beschäftigen.

Die Spirale löste sich auf, und wir standen wieder im Gang unter der Kuppel, wo sich auch die Wendeltreppe befand. Allerdings hatte sie nun eine andere Position als beim Aufstieg, das erinnerte mich daran, dass es keine Wege gibt, die man zweimal gehen wird. So stiegen wir die Stufen hinab und erreichten die Mitte des Tempels, ganz in der Nähe des Altars mit der großen Flamme. Nur wenige Augenblicke später war die Himmelsleiter verschwunden.

EINWEIHUNG DER ELEMENTE

Jonathanael ergriff meine rechte Hand und führte mich ganz nah an den Flammenaltar heran. *Bevor wir uns um das sechste Prinzip kümmern, ist ein weiterer Schritt nötig!* Vor uns tauchten drei Stufen auf, die direkt auf den

Altar hinaufführten. *Bist du bereit, durch das Feuer zu gehen?* Ich war für einen kurzen Moment überrascht, aber dann wurde mir wieder bewusst, dass ich mich ja nicht in meinem irdischen Körper befand und bejahte. *Diesen Weg musst du allein gehen, gehe ihn ohne Furcht und voller Vertrauen, ich werde bei dir sein.* Ich schaute noch einmal auf Jonathanael, der mir zulächelte, stieg die drei Stufen hinauf und trat direkt in die große blaue Schale hinein. Ich spürte eine angenehme Wärme und ging weiter, bis ich inmitten der Flamme stand. In diesem Moment hörte ich Christinas Stimme in mir: *Ja, die Liebesflammen umfangen uns, sie sind das Feuer der Reinigung und Läuterung! Gehe weiter!*

Ich setzte meinen Weg fort, der mir immer länger vorkam, und schließlich fühlte ich kühles Wasser um mich herum. Hohe Wellen umragten mich, das Feuer war zu einem Ozean geworden, doch ich konnte hindurchgehen, ohne das Wasser zu spüren. Erneut hörte ich Christinas Stimme: *Das Bad der Reinigung und Stärkung. Schreite voran!* Der Ozean verwandelte sich in eine große Luftblase, ich spürte Wind, der sanft um mich herum wehte. Wieder hörte ich Christina: *Der Windhauch der geistigen Kraft, Trost und Stärkung auf dem Weg. Säume nicht!* Während ich weiterging, wurde die Luftblase zu einer grünen Wiese, ich spürte die Boden unter meinen geistigen Füßen, und noch einmal sprach Christina zu mir: *Die Erde des Lebens, Standhaftigkeit und Mut! Eile!* Während ich weiterlief spürte ich wieder die Wärme des Feuers, und dann stand ich auf der anderen Seite der Altarschale, wo erneut drei Stufen waren, die ich hinabstieg.

Unten wieder angekommen, umarmte mich Jonathanael, und er hieß mich, durch die Kraft der vier Elemente geläutert und gereinigt, willkommen. Als ich mich im Raum umschaute, konnte ich sehen, dass sich das Innere des Tempels verändert hatte, es war heller geworden, alles glänzte golden. Vor mir lag ein großer bunter Teppich auf dem Steinfußboden. *Lege dich darauf! Und nenne mir das sechste Prinzip! – Das Prinzip von Ursache und Wirkung!*

SECHSTES PRINZIP

So ist es! So lies nun! Über meinen Augen schwebte eine Schriftrolle, und ich las: „Jede Ursache hat ihre Wirkung, und jede Wirkung hat ihre Ursache; alles im Leben und auf der Erde geschieht gesetzmäßig. Zufall ist nur ein Name für ein unerkanntes Gesetz. Das Prinzip von Ursache und Wirkung entschlüsselt uns, dass sich nichts zufällig ereignet, denn alles hat eine Ursache – auch wenn wir uns der vielen Ursachen der sich ereignenden Auswirkungen in unserem Leben nicht bewusst sind. Dies heißt, dass alles, was wir in diese Welt aussenden, irgendwo seine Wirkung entfalten wird.

Deshalb können Wirkungen, mit denen man nicht einverstanden ist, durch Bewusstwerdung und Achtsamkeit auf ihre Ursache zurückverfolgt, und gegebenenfalls aufgelöst beziehungsweise abgeändert werden. Somit sind die Menschen Schöpfer ihres Lebens, und sie tragen demnach auch die volle Verantwortung dafür. Darum ist es gut zu überlegen, welche Ursachen nötig sind, um eine bestimmte Wirkung in unserem Leben zu erfahren. Wer sich dieses universellen Gesetzes hingegen nicht bewusst ist, läuft Gefahr, durch den Willen und die Wünsche anderer, beziehungsweise durch äußere Ursachen, wie eine Schachfigur über das Brett des Lebens bewegt zu werden.

Denn neben den Taten entfalten auch Gedanken und Gefühle eine Wirkung, da diese genauso real sind wie der stoffliche Körper. Sie werden laufend in einen lebendigen vernetzten Organismus eingewoben, in dem nichts verloren geht. Wer in Gedanken etwas Gutes oder etwas Schlechtes als Wunsch aussendet, auf den wird die damit verbundene Energie eines Tages zurücktreffen."

Jonathanael nickte und legte einen orangenen Stein auf meinen Bauch, sprach den Segen über mir, und ich fühlte Wärme, Liebe, Kraft und Energie in meinen Geistkörper aufsteigen. Der Stein wurde zu einem orangenen Licht, und wieder wurde mein Geistkörper mit Energie und Informationen aufgeladen. *So rede und sprich aus, was du empfangen hast!*

-Das Prinzip von Ursache und Wirkung, auch Kausalitätsgesetz genannt, sorgt dafür, dass jeder Impuls, jeder Gedanke, jedes Wort und jede Tat eine Auswirkung hat. Man erntet stets das, was man gesät hat. Durch dieses Prinzip wird deutlich, dass jede wahrnehmbare Erscheinung, jede Situation und jeder Umstand eine Ursache haben. Und zumeist sind es die Menschen selbst, die diese Ursache gesetzt haben.

Durch dieses Prinzip sollen Menschen lernen, von ihrem freien Willen Gebrauch zu machen. Denn nur dadurch können sie erfahren, welche Folgen all ihre Entscheidungen, Gedanken, Worte und Taten haben. Sie lernen, was geschieht, wenn sie andere verletzten, welche Folgen es hat, wenn sie versuchen, Dinge mit Gewalt durchzusetzen oder Kriege zu führen. Und ebenso lernen sie, was passiert, wenn sie anderen helfen und diese unter-

stützen. Oder wenn sie für sich selbst oder andere liebevoll sorgen.

Geistiges Wachstum ist nur dann möglich, wenn Menschen verstehen, welche Auswirkungen ihr Denken und Handeln hat. Das Prinzip von Ursache und Wirkung hilft, Bewusstsein zu entwickeln und die Verantwortung für eigene Gedanken, Worte und Taten zu erkennen. Und aus diesen Erfahrungen und dem Verständnis daraus kann die Zukunft ganz bewusst beeinflusst und gestaltet werden.

Das zeigt einerseits, dass alles, was man denkt, sagt und tut, ganz bestimmte Folgen hat. Andererseits kann man in Kenntnis von Ursache und Wirkung die Gegenwart und die Zukunft gestalten. Denn je bewusster jemandem ist, welche Folgen sein Tun hat, desto bewusster kann er auswählen, womit er sich beschäftigen will, was er denken oder tun möchte, um ganz bestimmte Folgen und Wirkungen in seinem Leben zu manifestieren. Das bedeutet, dass alles, was Menschen aussenden, zu ihnen zurückkommen wird.

Urteile, die man über andere fällt, werden zu Selbstverurteilungen, denn man wird selbst fühlen, wie sich das anfühlt. Wer anderen Aufmerksamkeit und Liebe entgegen bringt, zu dem werden diese auch in irgendeiner Form spürbar zurückfließen, denn wie man in den Wald hineinruft, so hallt es zurück. Jeder erhält das zurück, was er an Gedanken, Gefühlen und Taten ausgesandt hat. Nur wann und in welcher Form dies geschieht, das muss nicht zwingend festgelegt sein. Und es spielt keine Rolle, ob man an dieses Gesetz glaubt oder nicht. Auch nicht, ob man sich in dem Moment, in dem man sie aussendest, der Folgen seiner Gedanken, Worte oder Taten bewusst ist oder nicht. Wer Gefühle der Freude und Fülle erzeugt, dem wird dieses Gesetz Freude und Fülle in sein Leben bringen. Und wer Gedanken des Mangels erzeugt und aufrecht erhält, wird diesen Mangel in seinem Leben manifestieren.

Eines der großen Geheimnisse des Lebens besteht darin, dass alles im Geist entsteht und sich dann erst manifestiert. Hier treffen wir wieder auf das Prinzip der Geistigkeit. Die Wirkung einer einmal gesetzten Ursache kann sich auf verschiedenen Ebenen und in zeitlich großem Abstand zeigen. *Daher ist es oft sehr schwer, Ursache und Wirkung miteinander in Verbindung zu bringen. Deshalb bezeichnen Menschen dann die Auswirkung einer Ursache, die sie selbst gesetzt haben, als Zufall.*

Und nicht immer kommt etwas auf der gleichen Ebene zurück, auf der es ausgesandt worden ist. So kann man beispielsweise ein bestimmtes Gefühl aussenden, das dann in Form einer bestimmten Situation zurückkehrt. Nichts geschieht jemals aus purem Zufall.

Mein geistiger Führer lächelte und schaute zu mir hinunter. *Ja, wie du siehst, gibt es keine Zufälle im Leben eines Menschen und alles steht miteinander in Verbindung!* Bist du bereit für das letzte Prinzip? Ich bejahte, und wie bereits die andere Male fragt Jonathanael nach dessen Bezeichnung, und ich antwortete ihm umgehend: *–Das Prinzip der Geschlechtlichkeit!*

SIEBTES PRINZIP

Korrekt! Dann lies noch ein letztes Mal vor, was du hier geschrieben siehst! Über mir schwebte wieder eine Schriftrolle, und ich las: „Das hermetische Gesetz des Geschlechts besagt, dass alles, was existiert, sowohl männliche als auch weibliche Eigenschaften in sich trägt. Beide Aspekte bilden immer eine Einheit und sind niemals als Gegensätze zu betrachten. Deshalb ist keine Schöpfung ohne dieses Prinzip möglich – sei sie physisch, mental oder geistig. Daraus folgt, dass jedes männliche Wesen auch die weiblichen Elemente in sich trägt, und umgekehrt, jedes weibliche auch die männlichen.

Bei diesem Prinzip geht es vorrangig um die Energie der schöpferischen Prozesse und die Ausrichtung eines ganzheitlichen Wesens. Somit entsteht durch die Einheit von weiblichen und männlichen Aspekten eine Verbindung, die ein gewaltiges Potenzial beinhaltet, und es gilt, all diese verschiedenen Aspekte in sich zu integrieren, sodass sie in

Balance sind und sich entfalten können. Natürlich trägt jeder Mensch ein äußeres Geschlecht, aber in seinem Inneren ist er männlich und weiblich, und es gilt, diese beiden Aspekte miteinander zu verbinden und in Harmonie zu bringen. Zu den männlichen Aspekten zählen unter anderem Logik, Kontrolle, Analyse und Verstand, während Intuition, Selbstentfaltung, Gefühl und Kreativität den weiblichen zugeordnet werden. Erst wenn beide Seiten zusammengeführt sind, bilden sie das Geben und Nehmen des Lebens, die Einheit, ohne die das Leben nicht möglich wäre."

Ich schaute zu Jonathanael, der einen roten Edelstein in der Hand hielt, ihn auf meinen Unterleib legte und dann sprach: *Dieser rote Stein ist das Symbol für die Erkenntnis des siebten Prinzips. Denke stets daran, wenn du in deinen Körper zurückgekehrt bist, er öffnet dir beim Auflegen alle Erinnerungen und alles Wissen hierüber.*

Er sprach den Segen, ich fühlte nochmals einen Strom von Wärme, Liebe, Kraft und Energie in meinen Geistkörper aufsteigen und der Stein wurde zu einem roten Licht. Ich spürte die Aufladung mit Energie und Informationen, und gab auf Jonathanaels Bitte die Informationen wieder:

-Geschlechtlichkeit existiert in allem, denn alles trägt ein männliches und ein weibliches Prinzip in sich. Die Kombination von weiblichen und männlichen Anteilen sind Schöpfungsprinzipien, und das gesamte Universum basiert auf der Verbindung von männlichen mit weiblichen Qualitäten. Wenn sich beide Qualitäten in Balance befinden, ist die Schöpferkraft am größten. Beide Pole sind einander entgegengesetzt und gleichsam miteinander verbunden, nur so können sie ein Ganzes ergeben. Wird eine der beiden Kräfte überbetont, gerät das Ganze ins Ungleichgewicht und verliert die harmonische Wirkung.

Der menschliche Alltag hält immer wieder Situationen bereit, die dazu verleiten, aus dem natürlichen Gleichgewicht zu kippen, und daher bedarf es der ständigen Aufmerksamkeit, um dies rechtzeitig zu erkennen, bevor ein inneres Ungleichgewicht zu Disharmonien führt und destruktive Auswirkungen im Leben folgen. Es hängt immer von der jeweiligen Situation ab, was gerade förderlich ist, doch es geht stets darum, immer wieder für Ausgleich zu sorgen, damit Balance und Kraft bestehen können. Darum müssen auf Phasen der intensiven Arbeit und Anstrengung immer Phasen der Ruhe und Erholung folgen. Nach einer Verstandesarbeit müssen Gefühl und Kreativität Raum erhalten, damit sich die rechte und die linke Hemisphäre im Gehirn wieder harmonisieren und ausgleichen können. Ebenso gilt es darauf zu achten, dass Geben und Nehmen in Beziehungen, bei der Arbeit und in allen Bereichen des Lebens in einem ausgeglichenen Verhältnis stehen.

Wenn Ungleichgewichte auftreten, dann gilt es daran zu denken, dass jeder selbst dafür Verantwortung trägt, diese im Leben zu erkennen und so zu handeln, dass sie zu korrigiert werden. Für Ausgleich zu sorgen, liegt in der Verantwortung und im Interesse jedes Menschen, wenn er in

Stärke, Ausgeglichenheit und Harmonie leben möchte.

Jonathanael nickte, reichte mir die Hand und stellte mich auf die Füße. *Ja, hier sind wir wieder auf das Prinzip der Polarität gestoßen, nichts ist wichtiger im Leben eines Menschen, als die Mitte immer wieder zu suchen und zu finden! Wir haben nun alle sieben Prinzipien gemeinsam erarbeitet, und das Wissen darum ist dir in deinen Geistkörper eingegeben worden. Jedes deiner sieben Energiezentren ist nun geöffnet und mit Licht aufgeladen, du wirst mit Hilfe der Steine jederzeit darauf zurückgreifen können, wenn du zurückgekehrt bist. Und keine Sorge, die Steine werden dir zur Verfügung stehen!*

Ich dankte ihm und der gesamten geistigen Welt für alle Hilfe, Unterstützung und Führung, und gemeinsam knieten wir vor dem Altar nieder und beteten. Nach der gemeinsamen Bitte um den göttlichen Segen erhoben wir uns und umarmten uns noch einmal tief und innig, denn mir war bewusst, dass die sichtbare Verbundenheit mit dem Augenblick beendet ist, sobald ich den Tempel verlassen und die Bibliothek wieder betreten würde.

Vergiss nicht, dass ich immer an deiner Seite bin, egal, was geschehen mag, und wenn du einst endgültig wieder hierher zurückkehrst, dann werden wir uns so wiedersehen, wie wir uns nun voneinander verabschiedet haben!

Dankbar verließ ich den Tempel durch das kleine Portal, ging den Gang entlang, und schlüpfte durch den Vorhang. Dann stand ich wieder in meiner wunderbaren Bibliothek.

IN DER BIBLIOTHEK

Noch bevor ich irgendetwas tun konnte, meldete sich bereits die vertraute innere Stimme Jonathanaels, und er bat mich, die weiße Robe ab- und meinen Talar wieder anzulegen. Sodann sollte ich an einem der großen Tische Platz nehmen und den dort ausliegenden Band ergreifen.

Du siehst hier den Band deiner aktuellen Inkarnation, wir wollen nun gemeinsam hineinsehen und anhand einiger Situationen auf deine Lebensaufgabe schauen, rückblickend, und als Zurüstung für die Stationen, die du jetzt noch auf der Erde vor dir haben wirst. Schlage jetzt bitte hinten die letzte Seite auf!

Ich war erstaunt, denn ich vermutete logischerweise dort mein Lebensende zu sehen, aber stattdessen sah ich mich am Tisch in der Bibliothek sitzen. *Keine Sorge, du kannst nur das sehen, was sich bereits ereignet hat oder sich gerade jetzt ereignet, denn mit jedem neuen Lebenstag beschreibst du eine neue Seite, die aber lediglich als Potential existiert, denn nichts ist festgelegt oder von vornherein endgültig bestimmt! –Das bedeutet also, dass ich immer über Wahlmöglichkeiten verfüge?*

So ist es! Es gibt natürlich einen Rahmen, innerhalb dessen du dich bewegst, lebst und handelst, aber die Zukunft ist nur als Möglichkeit vorhanden, du entscheidest darüber, wie sie aussehen wird. Und darum darf ich dir jetzt die entscheidende Frage stellen, die dich vielleicht überraschen wird: Möchtest du nach diesen Einweihungen hier in deinen Körper zurückkehren und deiner Lebensaufgabe in dieser Inkarnation weiter nachkommen? Oder möchtest du hierbleiben und in der jenseitigen Dimension deine Arbeit fortsetzen? Beides ist möglich, beides bewegt sich im Rahmen der höheren Lenkung, und beides ergibt für dich einen Sinn! Aber du allein musst die Entscheidung treffen, niemand, auch ich nicht, wird dir einen Rat geben oder dich in irgendeine Richtung lenken. Du weißt, dass der freie Wille ein hohes Gut und auch in den hiesigen Dimensionen oberstes Gebot ist.

Diese Aussage überraschte mich, obwohl ich durch die Einweihungen bereits sehr viele Dinge erfahren durfte. *-Ich verstehe, aber du darfst mir vielleicht einige Fragen beantworten, die mir die Entscheidung leichter machen können?*

Wenn es im Rahmen meiner Vollmacht geschieht, ja, wenn es in den Bereich der allerhöchsten göttlichen Liebe und Einheit hineinreicht, dann darf auch ich weder etwas dazu sagen noch überhaupt etwas darüber wissen. -Dann werde ich dir jetzt eine Frage zum Beginn dieser Inkarnation stellen: Ist es korrekt, dass du und ich bzw. mein Anteil Christinas diese Inkarnation geplant und vorbereitet haben? Ja, das ist korrekt, du kannst dazu auf die erste Umschlagseite des Buches blättern, um mehr zu erfahren!

Ich nahm das Buch zur Hand und schlug es ganz vorne auf, wo sich vor meinen Augen eine ganz besondere Szene abspielte: Zwei farbige Lichter, blau und violett mit anderen Farben durchzogen, bewegten sich in einem Raum und blickten auf einen großen Bildschirm, auf dem ich Szenen meines Lebens und anderer Menschen sehen konnte, die mir aber völlig unbekannt waren. Dann hörte ich Jonathanaels Erklärung dazu: *Du weißt, dass wir in diesen Dimensionen keine menschlichen Körper haben, diese aber annehmen können, wenn es hilfreich und nötig ist. Hier siehst du uns beide bei der Auswahl des Körpers, der Abwägung aller Möglichkeiten und der Frage, welcher Körper, welches menschliche Geschlecht, welche Zeit, welcher Ort, welche Familie und welche äußeren Bedingungen zur Erfüllung deines Lebensplans am günstigsten sein könnten. Auch hier sind es überwiegend Möglichkeiten, die sich innerhalb eines Rahmens bewegen.*

Dass du diesen Körper und alle damit verbundenen Dinge gewählt hast, war deine ganz eigene Entscheidung, dein Ja zu diesem Plan! Schlage bitte die nächste Seite auf! Dort siehst du deine inkarnationsbereite Seele, die sich während der Schwangerschaft deiner Mutter zwischen den Dimensionen hin und her bewegt und sich im siebten Monat endgültig mit dem Körper im Mutterleib verbunden hat. Schau und höre genau hin!

Auf dieser Seite sah ich eine Szene, in der die Seele und ihr Führer, also ich und Jonathanael, eine Absprache getroffen haben, dass mir vor dem Ablauf von 7x7 Lebensjahren, also kurz vor meinem 50. Geburtstag, ein Besuch in den jenseitigen Dimensionen ermöglicht wird, einerseits zur Reflexion und Bestätigung meines Planes, ggf. auch zur Korrektur, und zur Beratung des weiteren Vorgehens.

-Dann war dies eine bestehende Möglichkeit, die ich durch meine konkrete Entscheidung zu einer tatsächlichen Entwicklung werden konnte? So ist es! -Erhält jeder einer solche Chance? Nein!

Da beide Antworten sehr kurz ausfielen, war mir bewusst, dass mir Jonathanael keine weiteren Informationen dazu geben würde, und deshalb fragte ich, ob eine Besuchsmöglichkeit mit dem Alter bzw. der Reife einer Seele zu tun habe. Die Antwort darauf fiel nun wieder ausführlicher aus: *Du hast es erfasst! Und wenn du dich jetzt daran erinnerst, welchen Seelenanteilen bzw. Geschwistern du begegnet bist, kannst du daraus auch etwas über deine*

Aufgabe und den Plan ableiten! -Das bedeutet, dass man nach der endgültigen Rückkehr nicht hier an diesem Ort verbleibt, sondern zu geistigen Orten gelangt, die etwas mit der Reife, dem Fortschritt und den Beziehungen zur Seelenfamilie zu tun haben.

Korrekt! Und du weißt bzw. ahnst in einigen Fällen ja auch, wer alles zu deiner bzw. Christinas geistigen Familie gehört. Viele sind noch inkarniert, andere sind bereits wieder zurückgekehrt oder schon mit einem neuen Auftrag unterwegs, doch immer bleibt die Seelensubstanz hier und nur einer oder mehrere Anteile inkarnieren.

So langsam begann ich zu verstehen, und stellte noch eine letzte Frage: -Dann wäre es möglich, dass der Seelenplan bzw. Lebensplan zwar bereits weit vorangekommen, aber noch nicht vollständig abgeschlossen ist, wenn ich jetzt vorzeitig zurückkehren würde, und eventuell wären weitere Inkarnationen nötig?

Das könnte so sein, muss es aber nicht! Doch du solltest bedenken, dass sich jetzt, falls du die In-

karnation fortsetzen wirst, noch zahlreiche Erfah-
rungen und Erkenntnisse bieten werden, die
wichtig und wertvoll sind, auch wenn sie nicht
unbedingt an erster Stelle des Seelenplans stehen
bzw. für dessen Erfüllung notwendig sind. -Ich
habe verstanden, und ich danke dir für deine Un-
terstützung auf der Suche nach einer Antwort auf
diese wichtige Frage! Dann könnte man sagen,
dass ich mich jetzt an einer Stelle befinde, von der
auch Nahtoderfahrene berichten, dass es eine
Schwelle gibt, deren Überschreiten eine Rückkehr
in den Körper unmöglich werden lässt?

Du hast es erfasst! Aber bedenke ebenfalls, dass
du wählen darfst, während andere zurück müs-
sen, weil ihre Aufgabe noch nicht vollendet ist!
– Dann würde für mich nun nach der Pflicht die
Kür beginnen? Ich glaubte, ein leises Lachen
zu vernehmen, und Jonathanaels Antwort
fiel entsprechend aus: *Wenn du es so sportlich*
formulieren möchtest, ja! Und es werden auf je-
den Fall Veränderungen für dich eintreten, kör-
perlich hast du bereits eine Wandlung hinter dir,
beruflich werden neue Herausforderungen auf
dich zukommen, aber auch sonst in den Bezie-

hungen und im Alltag wird es viele Gelegenheiten zum Lernen und Erfahren neuer Dinge und Situationen geben! Und dann steht da der Auftrag, von dem, was du hier erleben durftest, den Menschen zu berichten. Wie du es tun wirst, das bleibt deine Entscheidung, aber deine Begegnung mit Johannes und die damit verbundenen Ereignisse waren in der Form, wie du sie herausgebracht hast, wunderbar und sehr passend! – Ich danke dir, und gewiss, warst du auch dort überall dabei!

Sicher, aber du weißt, dass Johannes für diesen Auftrag die Führung übertragen bekommen hat, und es war mir eine Freude, dies beobachtend zu begleiten!

Noch einmal schaute ich im Buch die entsprechende Szene an, und Jonathanael bat mich, nun eine Seite weiter zu blättern, um einen Blick auf die nächste Situation zu werfen. Darin erblickte ich meine Geburt im Krankenhaus, hörte das Gespräch der Ärzte, dass es langsam höchste Zeit geworden sei, und dass eine Geburt an einem Freitag, dem 13. auch ein sehr gutes Omen sein könne, zumal gerade Neumond herrsche und damit immer ein Neuanfang verbunden wäre.

Ja, wie du siehst, wusste der Arzt ganz genau Bescheid. Auch der Ort, das Datum und die Uhrzeit der Geburt spielen eine besondere Rolle, und nur dieser Augenblick war der für dich passende, um in die irdische Welt einzutreten. Du hast dich ja inzwischen auch mit deinem Geburtshoroskop beschäftigt und weißt Genaueres darüber! -Dann war die Wahl dieses Körpers auch darauf abgestimmt?

Natürlich, du solltest inzwischen aber auch wissen, dass es in den jenseitigen Welten genauso wenig Zufälle gibt wie auf der Erde! -Verzeih, aber aus dieser Perspektive habe ich das Ganze noch nicht so oft betrachtet, zumindest nicht bewusst.

Das ist richtig, aber dafür bist da ja auch hier! Wir werden jetzt einige Schlüsselszenen betrachten, die bisher noch keine Rolle gespielt haben, und dann werde ich dir abschließend die Frage stellen, wie du dich entschieden hast!

Es folgten nun einige Lebenssituationen, die wir gemeinsam anschauten, mein Verhalten und meine Reaktionen beobachteten, aber auch die der daran Beteiligten reflektierten, aus meiner eigenen und aus der Position des jeweiligen Gegenübers. Jonathanael fasste dann all das Gesehene zusammen: *Seit du denken kannst, hattest du das Gefühl anders zu sein als dein Umfeld. Anders nicht im Sinne von „besser", sondern eher, sich irgendwie auffallend im Fühlen, Denken und Empfinden von den anderen Menschen zu unterscheiden, sei es in deiner Familie, im Bekanntenkreis, in der Schule oder später im Berufsleben.*

Das hat dir nicht immer nur Freunde und Vorteile eingebracht, aber es hat dich im Laufe dieses Lebens erkennen lassen, weshalb es wichtig ist, dir und deiner inneren Stimme, deiner Führung und deinem intuitiven Fühlen absolut zu vertrauen. Rat und freundschaftliche Unterstützung anderer Menschen sind natürlich gut und wichtig, aber letzten Endes liegt die Verantwortung für dein Leben bei dir, und deshalb musst du ganz allein die letzte Entscheidung treffen. Aus diesem Gefühl heraus hast du immer wieder Dinge oder Ereignisse gespürt und wahrgenommen, die andere so nicht sehen und erkennen konnten oder wollten, das ist bis heute so – und du fragst dich immer noch, weshalb andere das, was dir völlig klar ist, nicht nachvollziehen oder überhaupt verstehen können. Ja, du hast auch immer wieder den Eindruck bekommen, dass man dich nicht ernst nimmt, dich gar für verrückt hält. Du weißt darum, und du bist besonders dankbar und glücklich dafür, immer wieder Menschen zu begegnen, die dich verstehen, denen du dich ganz öffnen und mit ihnen du deine Ansichten und Erfahrungen teilen kannst. Und davon gibt es nicht sehr viele.

Schön in ganz jungen Jahren hattest du das Bedürfnis, für andere Verantwortung zu übernehmen, wolltest Frieden und Harmonie stiften und Positionen ausgleichen. Streit, Unfriede und Aggressionen erschrecken dich noch immer zutiefst und machen dich traurig, Diskussionen und Auseinandersetzungen sind nicht deine Sache, auch weil du immer wieder feststellen musstest, dass sie nie zu einem Ergebnis führen. So genießt du es, dich zurückzuziehen, zu beobachten und daraus deine Schlüsse zu ziehen, auch im Blick auf dich selbst, und meist behältst du dann deine Resultate für dich. Aber es kann auch vorkommen, dass du sie anwenden und anderen zur Verfügung stellen willst, um damit zu helfen und andere zu unterstützen. Ob diese das annehmen werden, ist dann allerdings nicht mehr deine Entscheidung! Und du weißt, dass du ein ganz bestimmter Reaktionstyp bist, während andere zuerst reagieren oder handeln und dann denken, ist es bei dir genau umgekehrt! Das gilt auch für emotionale Reaktionen oder das, was du lieber zuerst allein mit dir ausmachst, um dann zu entscheiden, ob du es für dich behältst oder mit anderen teilst.

In der Familie hast du als jüngstes Mitglied immer das Gefühl, die Älteste zu sein, die Übermutter. Du hast diese Rolle nicht gesucht, sie ist dir zugefallen, und du versuchst, sie auszufüllen, aber du weißt, dass es Grenzen gibt – für dich und für die Familienmitglieder. Du weißt, dass mit dir die Familienlinien beider Eltern enden, du hast keine Nachkommen, und du bist das letzte Glied in einer langen Reihe von Ahnen. Auch das hat etwas mit dem Lebensplan zu tun.

Schon immer warst du die Seelsorgerin, die Zuhörerin, die Verständnisvolle, gerade für die Älteren, die deine Nähe und deinen Rat oft gesucht haben, während die Gleichaltrigen nur ein müdes Lächeln übrig hatten. Du hast dich nie wohlgefühlt, wenn du als Kind mit anderen Kindern bzw. Gleichaltrigen zusammen warst, viel lieber hast du dich mit den Erwachsenen unterhalten und sie durch dein Wissen und Können beindrucken wollen - was dir oft auch problemlos gelang. Gerne hast du die Aufmerksamkeit auf dich gezogen und es genossen, dich von der Masse abzuheben.

Aber du hast es nicht getan, um anzugeben, sondern aus dem Gefühl heraus, dass es sich stimmig anfühlt und du wirklich etwas Wichtiges beizutragen hast, auch wenn man dich oft nicht ernstnahm, dich verstand oder dir immer wieder sagte, dafür du seist zu jung, zu klein, zu unerfahren, nur ein Mädchen oder sonst nicht qualifiziert. Dann hast du dich eben zurückgezogen, dich autodidaktisch weitergebildet und die anderen weiter beobachtet. Ja, du bist eine alte und erfahrene Seele, die deshalb anders auf diese Welt blickt und die Dinge wahrnimmt!

Schon immer hast du dich zu älteren Menschen hingezogen gefühlt, vielleicht, weil du dachtest, dort mehr Akzeptanz, Verständnis und Anerkennung zu finden? „Vaterfiguren" haben dich geprägt, vielleicht auch, weil du in ihnen etwas davon finden konntest, was du bei deinem eigenen Vater vermisst hast. Das waren Verständnis, Zuwendung, Interesse an deinen Fragen auf der Suche nach Antworten auf religiöse und spirituelle Fragen, intellektuelle Forderung und Förderung. Deshalb wolltest du als dreizehnjährige auch unbedingt Briefkontakt zu Johannes Rau, das ist dir gelungen, du bist ihm in den folgenden Jahren mehrmals persönlich begegnet und du standst mit ihm bis zu seinem Tod 2006 in schriftlichem Kontakt.

Du wolltest schon immer selbst bestimmen, was du tun und was du lassen willst. Fremdbestimmung und Bevormundung kannst du nur sehr schwer ertragen. Manchmal kannst du sehr dickköpfig sein, aber mittels deines starken Willens hast du auch viele Dinge erreicht, die andere nicht für möglich hielten oder dir nicht zutrauten. Du magst keinerlei Einengung, und du brauchst immer deine Freiheiten, vor allem Rückzugsmöglichkeiten und viel Zeit für dich.

Große Menschenansammlungen und Veranstaltungen sind dir unangenehm, du kannst zeitweise an solchen Sachen teilnehmen, bist aber froh, schnell wieder dem Trubel zu entfliehen, wenn du deine Pflicht getan hast. Die Natur, der Umgang mit Tieren und das Alleinsein draußen geben dir Kraft, ebenso ziehst du dich sehr gerne allein in deine Kirche zurück, wo du Kraft und spirituelle Präsenz spürst und erfährst. Denn du bist sehr sensibel und feinfühlig, heute würde man das mit dem Begriff „hochsensibel" bezeichnen, was sich auch in Wetterfühligkeit, Lärm- und Geruchsempfindlichkeit und dem Erspüren von Energien,

positiv und negativ, bemerkbar macht. Du er-
kennst sehr schnell, ob dir ein Ort oder ein
Mensch guttut oder ob die Energien dich absto-
ßen. In letzterem Fall versuchst du, den Kontakt
auf ein Minimum zu reduzieren und dich schnell
zurückzuziehen. Daher sind dir große Menschen-
ansammlungen unangenehm, da sehr viele ver-
schiedene Energien dort zusammen treffen, die du
erspürst. Dennoch versuchst du, jedem und jeder
liebevoll und aufmerksam zu begegnen.

Bereits sehr früh stand dein zukünftiger Berufs-
wunsch fest, du hast sehr viel dafür kämpfen und
arbeiten müssen, musstest dich gegen viele Wi-
derstände, auch familiär, durchsetzen, was Teil
deines Lernplanes war. Du hast eine Ausbildung
durchgezogen, die dir nicht guttat, Migräne-
Attacken und Schmerzen waren an der Tagesord-
nung. Du hast dann das Abitur nachgeholt, stu-
diert, und du warst stolz, als du dein Ziel erreicht
hattest. Doch inzwischen bist du nicht mehr da-
von überzeugt, ob du diesen Beruf, wie er sich
durch Umstrukturierungen in den nächsten Jah-
ren entwickeln wird, weiter ausüben möchtest.

Du bist unsicher, ob dieser berufliche Weg, dessen einschneidende Veränderungen nicht in deiner Zuständigkeit liegen, noch deinem Seelenplan entspricht, weil so viele Dinge in Zukunft anders sein werden. Gerne möchtest du für die Menschen da sein, ihnen in Freude und Leid beistehen und sie unterstützen, aber strukturelle Neuordnungen und immer weniger Kirchenmitglieder werden ganz neue Herausforderungen mit sich bringen. Doch gerade das ist auch ein Teil des Plans, dass du damit umgehen kannst.

Außerdem hast du erkannt, das die institutionelle Religion mit allen Dogmen und Glaubenssätzen nur ein äußeres Geländer ist und von Menschen und deren Machtansprüchen bestimmt wird. Eigentlich bist du all dem längst entwachsen, und du fühlst dich seit langem in deiner Kirche als Institution und bei deinem Arbeitgeber nicht mehr zu Hause, ja, du sitzt in Konferenzen und bei Zusammenkünften mit einem schlechten Gefühl dabei, da du nicht mehr hinter dem stehen kannst, was dort gesagt und geglaubt wird.

Du bist ein spiritueller Mensch, der auf Erfahrungen, Erkenntnissen und persönlichen Eindrücken aufbaut, nicht mehr auf menschlichen Vorgaben und Glaubenssätzen. Dennoch kannst du in deiner Position viele Menschen erreichen und sie begleiten, was sonst nur sehr schwer möglich wäre. Und aus all den Rückmeldungen erfährst du auch immer wieder Liebe und Dankbarkeit. Und darum geht es für dich, trage die Liebe hinaus zu den Menschen, und empfange die Resonanzen!

Mit großer Leidenschaft schreibst du Bücher, insgeheim würdest du dich gerne nur noch darauf konzentrieren und die beruflichen Fragen hintanstellen, doch damit solltest du dir noch Zeit lassen. So bist du dankbar für dieses Leben und seinen bisherigen Verlauf, und du hast jetzt die Chance zu entscheiden, ob du deine Arbeit auf der Erde fortsetzen möchtest, um weitere Erfahrungen und Erkenntnisse zu sammeln, vor allem aber, um die Liebe und das Mitgefühl zu den Menschen zu bringen, so wie du es kannst und wie es für dich gut ist. Daher frage ich dich nun, wie deine Entscheidung aussieht?

-Ich danke dir und allen, die mich bis hierher geführt, begleitet und mit göttlicher Liebe und Segen unterstützt haben. Es gibt nach allem, was ich nun mit dir reflektieren durfte, nur eine Antwort, die der Liebe und der Dankbarkeit meinerseits entsprechen wird, und das ist die Entscheidung, dieses Leben auf der Erde fortzusetzen, verbunden mit der Bitte um weitere Begleitung, Führung und Unterstützung von dir und allen, die mir zur Seite gestellt werden!

So möge es geschehen! Auch wir danken dir, und wir werden dir immer zur Seite stehen! Dann schließe nun das Buch und lege es hier auf dem Tisch ab, tritt hinaus in den Garten, wo du noch etwas ruhen und Kraft tanken darfst. Christina wird dich nun wieder begleiten und sicher zurückführen!

Das ich sicher wusste, dass Jonathanael an meiner Seite ist und mich auch weiter begleiten wird, verließ ich die Bibliothek, in der ich mich zuvor noch einmal umgeschaut hatte, trat durch das große kupferne Portal hinaus auf den Absatz und schaute auf die sieben Stufen, die noch immer in den Regenbogenfarben leuchteten. Auch an meinem Geistkörper konnte ich die sieben Lichter der Einweihung im Tempel wahrnehmen.

Ich trat auf die rote Stufe und spürte die Energie in meinem Körper, dann erloschen die Beleuchtung und das Licht auf meinem Körper. Es folgten alle anderen Stufen und Farben, orange, gelb, grün, hellblau, dunkelblau und violett, bis ich unten angekommen war. Danach schlug ich den Weg zum Brunnen ein, und setzte mich auf eine Bank neben dem Brunnenrand. Dort erblickte ich einen silbernen Becher mit meinem Monogramm, und in diesem Augenblick hörte ich in mir Christinas Stimme: *Willkommen zurück in unserem himmlischen Garten! Schöpfe dir Wasser aus diesem Brunnen und trinke es, es wird dir nach all dem, was du erlebt hast, sehr gut tun!* Gerne kam ich der Aufforderung nach und trank das wunderbare kühle Wasser.

ABSCHIED IM GARTEN

Lass uns noch ein wenig durch den Garten gehen und seine Schönheit genießen! Dabei werde ich dir einige Dinge erklären, die jetzt für dich und deine Rückkehr wichtig sein werden! Hier hat alles begonnen, und hier werden sich nun für einige Zeit unsere direkten Wege auch wieder trennen. Doch nach wie vor wirst du im Traum hierher zurückkehren, und wenn es gewollt ist, dich auch nach dem Aufwachen daran erinnern.

Du siehst hier noch einmal alle geistigen Schöpfungen, die Pflanzen, die zahmen Tiere, das Wasser, die Berge, alles, was du gedanklich erschaffen hast, und woran wir seit vielen Jahrtausenden arbeiten. Erinnere dich noch einmal ganz bewusst an alle Begegnungen auf dem Weg, den wir gemeinsam gegangen sind, an alle Botschaften und Mahnungen, an den Weg durch das Labyrinth, die Einweihungen in der Bibliothek und im Tempel und schließlich an die Reflexion mit Jonathanael mit deinem Lebensbuch. Nimm dazu gerne an einem Ort deiner Wahl Platz!

Ich entschied mich für das Meer, setzte mich auf die Bank an der Steilküste mit dem Blick auf den Sonnenuntergang, und ich spürte den sanften Wind um mich wehen. In Gedanken ging ich alle Wege noch einmal, erinnerte mich an die Begegnungen und Botschaften, und ich versuchte dies alles fest in mir zu verankern. Wieviel Zeit mochte wohl vergangen sein? Christina gab mir direkt eine Antwort: *Du weißt, dass es die Zeit im irdischen Verständnis hier nicht gibt, und du wirst überrascht sein, wenn du an deinen Schreibtisch zurückgekehrt bist!*

Und noch eines ist ganz wichtig: Der Spiegel wird fortan nur noch ein ganz normaler Handspiegel sein, so wie du ihn seinerzeit erworben hast. Und du wirst dich auch nicht mehr bewusst daran erinnern, welche Funktion er kurzzeitig für dich besaß, aber alles, was dir hier begegnet ist, wird fest in deinem Herzen bewahrt sein. Und die Vorgeschichte hast du notiert, so dass auch das Wissen darum nicht vergessen ist.

Und wenn du jetzt noch Fragen hast, dann darfst du sie stellen. Sofern es mir gestattet ist, werde ich sie dir gerne beantworten!

Angestrengt dachte ich nach, denn mir war bewusst, dass viele Dinge, die ich hier wusste, vielleicht wieder in Vergessenheit geraten sein könnten, wenn ich erst in meinen Körper zurückgekehrt bin. Aber eine Frage kam mir sofort in den Sinn und ich stellte sie: *-Habe ich es richtig verstanden, dass ich als inkarnierte Seele ein Teil, ein Aspekt von dir bin, und du mit allen einzelnen Aspekten ein Teil des ALL-EINEN bist?*

Ja, aus irdischer Sicht kann man das so sagen, aber beachte auch dabei, dass Trennung nur eine Illusion ist, die in Wahrheit gar nicht existiert. Alles ist miteinander verbunden und in der göttlichen und ewigen Liebe vereint. Aber Menschen brauchen Bilder, Systeme, Verstehenshilfen, um sich diese Dinge ansatzweise vorstellen zu können. Aber wie du weißt, scheitert es meist schon am Versuch, das alles in Worte zu fassen und angemessen zu beschreiben.

Dann fiel mir gleich noch eine weitere Frage ein: -*Während eines Nahtoderlebnisses berichten die Menschen immer wieder von Begegnungen mit Lichtwesen, manche werden sehr konkret beschrieben, andere eher als pure Liebe oder ähnliches Gefühl wahrgenommen. Was hat es damit auf sich? Und wer sind die Lichtwesen?*

Nun, einen Teil der Antwort müsstest du bereits selbst geben können, aber ich verstehe, dass du eine zusammenhängende Erklärung haben möchtest! Also fange ich ganz vorne an: Wenn die inkarnierte Seele, besser gesagt, der Funke oder der Aspekt des Höheren Selbstes, nach dem Verlassen des Körpers die jenseitigen Sphären betritt, und die sind eigentlich ganz nah an den irdischen angesiedelt, weil es Übergänge gibt, dann ist der Seelenführer, Schutzengel oder wie auch immer man ihn bezeichnen will, zuerst zur Stelle.

Bedenke, dass wir kein Geschlecht besitzen, und die Diskussionen um grammatikalische Geschlechter unter den Menschen völliger Irrsinn sind! Je nach Zustand der Seele, und vor allem, je nach Reife, kann sie sehr unterschiedliche Dinge wahrnehmen, und wer sie an der Schwelle emp-

fängt und abholt, hängt auch immer von der persönlichen Entwicklung ab. Jüngere und unerfahrenere Seelen benötigen mehr Aufmerksamkeit und Begleitung, sie treffen sehr oft ihre vorausgegangenen Familienmitglieder oder, und das hängt von der spirituellen Reife ab, sie erkennen im Seelenführer zunächst eine vertraute religiöse Figur, denn du weißt, dass wir hier jede Gestalt und Form annehmen können, die jeweils nötig ist und sinnvoll erscheint.

Fortgeschrittene und alte Seelen kennen ihren Seelenführer bereits sehr gut, und man begegnet sich als Licht und Farbe. Dann gibt es ein freudiges Wiedersehen mit den Familienmitgliedern unter Umständen erst später. Und das ist dann wiederum auch von deren Reife und Entwicklung abhängig. Doch wisse: Niemand geht allein diesen Weg, und keine Seele bzw. kein Anteil geht jemals verloren.

-Und dann wären die sog. negativen Erfahrungen, die immer wieder beschrieben werden, allein vom Zustand der Seele beim Übergang abhängig?
Christina ließ sich einen Moment Zeit mit der Antwort, und dann erklärte sie mir die The-

matik an einem Beispiel: *Nehmen wir einmal an, dass eine Seele, die keinerlei spirituelle Erfahrungen machen konnte und allein auf das irdisch-materielle fixiert war, auch noch zum Zeitpunkt des Todes, hinübergeht. Da sie sich dadurch in ihrem Wesen nicht verändert, bleibt alle Aufmerksamkeit auf das gerichtet, was sie zurücklassen musste, obwohl im Licht alles für sie und ihre Heimkehr bereitet ist. Daher nimmt sie nur Finsternis, Bedrückung oder sogar ihre einstigen Begierden wahr, und wird – entsprechend dem Gesetz bzw. Prinzip der Resonanz - das anziehen, was ihrer, in diesem Fall - niedrigen - Schwingung entspricht.*

Hier erkennst du, wie die sieben Prinzipien auch auf dieser Seite wirken und welche Auswirkungen alle Gedanken und Gefühle haben! Und erst, wenn eine Seele bereit ist, das Licht wahrzunehmen, wird sie die Dunkelheit verlassen und ihren Weg fortsetzen können. Das hat nichts mit irgendeiner Bestrafung zu tun, sondern das ist allein die Wirkung der Gesetze. Und diesen Zustand mögen Menschen getrost mit Begriffen wie

Hölle oder Fegefeuer benennen. Doch sie schaffen sich diesen Zustand immer selbst, schon auf der Erde, und führen ihn hier nur weiter.

-Dann habe ich dazu nun noch eine letzte Frage: Die Verbindung zwischen den Seelen existiert über den Tod hinaus, und durch die Kraft der Gefühle und Gedanken ist auch ein Austausch zwischen den Sphären möglich. Sind all die Dinge, die ich während meiner seelsorgerlichen Tätigkeit schon machen durfte, also das Hören von vertrauten Stimmen Verstorbener, das Wahrnehmen von Schwingungen und Lichterscheinungen oder sonstige Zeichen im irdischen Sinne real?

Natürlich, du bist momentan selbst ein Geist in diesem Sinne, und du könntest mit mehr Erfahrung auf diesem Gebiet auch Kontakt nach Drüben aufnehmen. Aber es kommt immer darauf an, ob jemand für den Empfang bereit ist, ob er genug spirituelle Festigkeit und Vertrauen in die göttliche Liebe besitzt. Ferner ist es auch wichtig, dass das Anliegen auf beiden Seiten ehrlich und frei von unlauteren Absichten ist. Nur Schwingun-

gen, die zusammenpassen, werden auch aufeinander treffen bzw. einander anziehen.

Viele Fragen, die mich bisher immer bewegt hatten, waren nun beantwortet, bzw. ich wusste mehr über die Hintergründe und deren Einordnung in die Prinzipien, die mir im Tempel eindrücklich vermittelt worden waren. Inzwischen war ich, ohne es zu bemerken, am großen Tor angekommen, was ich als sehr deutlichen Hinweis darauf deuten konnte, dass die Zeit des Abschieds gekommen war.

Ja, die Zeit des Abschiednehmens ist näher gerückt, und es ist wichtig, dir noch letzte Informationen mit auf den Weg hinüber zu geben! Wenn du gleich zurückgekehrt bist, wundere dich über nichts, es hat alles seine Ordnung, auch wenn es dir merkwürdig vorkommen sollte. Sodann ist es wichtig, dass du dich erdest, gehe hinaus in die Natur, spüre und erfahre deinen Körper mit allen Sinnen, iss, trink und sei guten Mutes!

Und all das Wissen muss nun auch für dich drüben zur Weisheit werden, es will angewendet und vermittelt werden, das ist nun dein Auftrag. Darum sei mit allen Sinnen in dieser Welt, lebe, liebe und bewege dich in ihr, wende dich den Menschen zu, auch und gerade denen, die dich nicht verstehen können, habe Geduld und sende bei allem, was du tust, Liebe aus, denn du weißt, die Liebe die wir geben, kehrt immer auch wieder zu uns zurück! Jonathanael wird stets an deiner Seite sein, du wirst seine Präsenz am linken Arm spüren und seine Stimme hören, wenn es erforderlich ist. Darum lebe in der Welt, aber sei nicht mehr von der Welt!

In diesem Moment spürte ich, wie Christina und ich uns voneinander trennten. Für einen Augenblick standen wir uns gegenüber, wie ein Spiegelbild, wir lächelten, umarmten uns und dankten einander.

Das große Portal des Gartens in der alten Bruchsteinmauer öffnete sich, Christina segnete mich und meinen bevorstehenden Weg. Dann geleitete sie mich bis zur Schwelle.

Nun denke ganz intensiv an deinen Körper!

In diesem Augenblick fühlte ich den mir bereits bekannten Schwindel, alles um mich herum wurde neblig, und mit einem Mal saß ich ganz bewusst, entspannt und vollkommen wach zu Hause an meinem Schreibtisch.

ZURÜCK

Die Bilder verblassten, es fühlte sich nun alles an wie die Erinnerungen an einen besonderen Traum am Morgen nach dem Erwachen. Ich schaute mich um, und jetzt verstand ich, was Christina mir andeutete, als sie zu mir gesagt hatte, dass ich mich über nichts wundern solle, auch wenn es mir merkwürdig erschiene.

Vor mir lag ein hoher Stapel mit Aufzeichnungen in meiner Handschrift, und ich erkannte, dass es der Bericht dessen war, was ich gerade erlebt hatte. Mein Geist war also zum Teil auch hier und steuerte meine Hand. Dann blickte ich auf die Uhr und stelle erstaunt fest, dass seit meinem Hinsetzen, kaum mehr als drei Stunden vergangen waren, gefühlt waren es für mich mindestens drei Tage. Der Spiegel lag rechts neben dem Papierstapel, ich nahm ihn vorsichtig in die rechte Hand und stellte fest, dass er tatsächlich wieder zu einem normalen Spiegel geworden war. Auf seiner Oberfläche nahm ich noch eine kleine Lichtreflexion wahr, was ich als letzten Gruß von der anderen Seite deutete. Ich lächelte mein Spiegelbild an, dankte und legte den Spiegel wieder auf den Tisch.

Und dann erblickte ich auf dem Tisch noch sieben kleine farbige Edelsteine, so wie die, die mir Jonathanael im Tempel auf die Energiezentren auflegte, jeweils verbunden mit der Erläuterung, dass sie mir alle Erinnerungen an die Einweihungen im Tempel wieder zugänglich machen, wenn ich sie nach meiner Rückkehr auf dem betreffenden Zentrum auflege.

Vorsichtig stand ich auf, bewegte mich dabei sehr langsam und konzentriert, ging die Treppe nach oben, und dann trank ich erst einmal eine große Tasse von meinem geliebten kalten Milchkaffee vom Morgen dieses Tages und angelte mir zwei Kekse aus der Dose in der Küchenschublade. Ich stellte fest, dass mein Mann noch unterwegs war, und drehte eine Runde durch den heimischen Garten, roch an den wunderschön blühenden

Rosen, erfreute mich an ihren Formen und Farben, und dabei wurden die Erinnerungen an den himmlischen Garten und viele der dortigen Begegnungen und Erlebnisse geweckt.

Ich ließ sie vor meinem geistigen Auge vorüberziehen und freute mich, dass ich auf die Erde zurückgekehrt war, um nun meine Arbeit zu tun, als Mensch auf und in dieser Welt, aber ganz und gar nicht mehr von dieser Welt.

Ich bin der Welt abhanden gekommen,
Mit der ich sonst viele Zeit verdorben.
Sie hat so lange von mir nichts vernommen,
Sie mag wohl glauben, ich sei gestorben.

Es ist mir auch gar nichts daran gelegen,
Ob sie mich für gestorben hält;
Ich kann auch gar nichts sagen dagegen,
Denn wirklich bin ich gestorben der Welt.

Ich bin gestorben dem Weltgewimmel
Und ruh' in einem stillen Gebiet.
Ich leb' in mir und meinem Himmel,
In meinem Lieben, in meinem Lied.

(Friedrich Rückert (1788-1866).
Von Gustav Mahler (1860-1911)
als drittes Lied in der Sammlung
seiner *Rückert-Lieder* vertont.)

sich Türen auf, wo vorher eine undurchdringliche Wand gewesen war.

Ihre äußere Erscheinung hatte die Krankheit nicht entstellen können. Freunde, die sie in ihrer letzten Zeit noch besucht hatten, waren betroffen gewesen, wie jung sie aussah. Und auch mir erschien sie im Rückblick oft, wie sie war, als wir uns kennenlernten, und sie ihr Leben mit mir teilte auf der Suche nach den Quellen des Daseins.

Was als Aufgabe blieb, waren die Kinder. Teres würde auch sie begleiten und beschützen aus ihrer Sphäre. Doch der tägliche Umgang mit ihnen war mein Teil.

In der Rolle von Vater und Mutter gleichzeitig zu sein, war nicht ganz einfach. Man konnte eben nicht zweistimmig singen alleine. Eine Binsenwahrheit, aber es war, wie es war: Auch bei vollem Einsatz würde immer etwas fehlen.

Für Alleinerziehende waren das erschwerte Bedingungen. Als Mann hatte ich zudem in erster Linie für den äußeren Rahmen zu sorgen; das, was darüber hinaus eine liebevolle Mutter für ihre Kinder tat, um ihre Herzensbildung anzuregen, war für mich ein Ideal, dem nachzuleben ich nur versuchen konnte, ohne es je ganz zu erreichen.

Wir trafen uns jeden Tag, wie wir es stets getan hatten, tauschten uns aus über Vergangenes und erwogen das Zukünftige. Für die Kleinen gab es weiterhin die Gute-Nacht-Geschichten von Schneewittchen oder Dornröschen. Und wenn der Tag nicht ganz rund gelaufen war, dann hatte eben auch Dornröschen ihre Trotzphase gehabt, bei der wir nachforschten, ob sie sich wohl deswegen in den Finger gestochen hatte, weil sie unartig gewesen war. Bis zum Schluss alles sich geglättet hatte und die Beteiligten friedlich einschliefen. Jemand aber wachte über uns ...